COLLECTION SÉRIE NOIRE
créée par Marcel Duhamel

Nouveautés du mois

1983 — BASE-BALL-BOUM !
(ROBERT B. PARKER)
Des sportifs qui se font acheter ? Allons donc.

1984 — SALUT LES COQUINS !
(RAF VALLET)
Si tout le monde était honnête,
la vie serait bien ennuyeuse

1985 — DIEU A TIRÉ LE PREMIER
(PETE HAMILL)
Si le Diable n'existait pas, il faudrait l'inventer

1986 — LE DER DES DER
(DIDIER DAENINCKX)
Côté embrouille,
c'était pire que de chercher le tibia d'un pote
dans l'ossuaire de Drouaumont

ROBERT B. PARKER

Base-ball-boum !

TRADUIT DE L'AMÉRICAIN
PAR NOËL CHASSERIAU

nrf

GALLIMARD

Titre original :

MORTAL STAKES

1

C'était l'été et tout baignait dans l'huile pour les Red Sox, la célèbre équipe de base-ball de Boston, parce que Marty Rabb lançait la balle contre les Yankees de New York avec une virtuosité qui lui était devenue coutumière. J'étais là. Sur la galerie supérieure, buvant de la Miller High Life dans un grand gobelet de carton, grignotant des cacahouètes et prenant du bon temps. Je n'étais pas censé prendre du bon temps. J'étais censé travailler. Mais il arrive parfois que l'on puisse joindre l'utile à l'agréable.

Pour les amateurs de base-ball dignes de ce nom, peu d'endroits valent le stade Fenway de Boston. Les gradins sont tout proches du terrain, les barrières sont couleur vert espérance, et les jeunes athlètes en tenue blanche opèrent sur une vraie pelouse, faite d'authentique herbe naturelle, sous le véritable ciel, à la température qu'il fait vraiment. Pas de gazon synthétique ni d'air conditionné. Pas des masses de victoires en championnat au cours des années, mais pas de déculottées non plus. La vie est une question d'équilibre. Et j'adorais leur bière.

Le meilleur lanceur que j'aie jamais connu était Sandy Koufax, et Marty Rabb le suivait de près. Rabb était gaucher, comme Koufax, mais plus costaud, et il avait une façon de donner de l'effet à ses balles qui laissait peu de temps au batteur du camp adverse pour prendre position avant qu'elles ne dévient. Pendant que j'épluchais ma dernière cacahouète, il expédia vigoureusement l'une de ses balles coulées à Thurman Munson, et les Yankees perdirent le huitième jeu. Je profitai de ce que les équipes changeaient de camp pour aller acheter un autre sac de cacahouètes et une nouvelle bière.

L'édification de la galerie supérieure remontait à 1946, lorsque les Red Sox avaient remporté leur avant-dernier match de qualification et que le club avait eu besoin de davantage de tribunes de presse pour la coupe. La galerie était située sur le toit de la tribune principale, entre la première et la troisième base. Comme Boston n'était pas habituée à jouer en coupe, les tribunes de presse avaient été converties en sièges pour le public. On atteignait ceux-ci par des chemins de planches jetés sur le toit de goudron et de gravillon de la tribune principale, où deux baraques abritaient l'une un marchand de cacahouètes, de bière, de hot dogs et de programmes, l'autre, des toilettes. On accédait à ces baraques par d'autres chemins de planches, sur lesquels on circulait tranquillement, loin de la foule. Je regagnai ma place juste au moment où les Sox occupaient les lignes des joueurs et les cadres de batte, et je m'installai confortablement, les pieds sur la balustrade. Fin juin, soleil, chaleur, base-ball, bière et cacahouètes. La belle vie. A un détail près : le pistolet que je portais sur la hanche droite s'obstinait à me labourer le dos. Je le déplaçai pour assister au neuvième et dernier jeu.

C'était un mercredi, et le public était assez clairsemé. La sortie s'effectua sans cohue ni piétinement.

Mêlé aux autres spectateurs, je descendis les escaliers passant sous les gradins. Là-dessous, il faisait sombre et le sol était jonché de programmes froissés. Les boutiquiers abaissaient déjà les rideaux de fer qui fermaient leurs stands comme autant de bureaux à rouleaux. La foule qui évacuait le stade était surtout composée de pères de famille accompagnés de leurs rejetons et de retraités à petit cigare et au visage buriné qui n'avaient pas l'air pressé de s'en aller. Les épluchures de cacahouètes craquaient sous les pieds.

En sortant dans Jersey Street, je tournai à droite. Juste à côté du stade s'élève un bâtiment comportant une rotonde vitrée pour la vente des billets et une petite porte marquée *American League — Club de base-ball professionnel de Boston.* Je la poussai et découvris un escalier de bois sombre et des murs recouverts de latex vert Nil. A l'étage, une nouvelle porte donnait sur un vestibule tapissé du même latex vert, et doté d'une moquette verte et d'une réceptionniste aux cheveux raides.

— Je m'appelle Spenser, dis-je à cette dernière. Je viens voir Harold Erskine.

Je m'efforçai d'avoir l'air d'un client en puissance débarquant de Pawtucket. Je ne crois pas qu'elle s'y laissa prendre.

— Vous avez rendez-vous ? me demanda-t-elle.

— Oui.

Elle parla dans l'interphone, écouta la réponse et me dit :

— Entrez.

La pièce qu'occupait Harold Erskine était exiguë et sans prétention. Il y avait deux classeurs verts côte à côte dans un coin, un bureau de bois blanc en face de la porte, une petite table de conférence, deux chaises et une fenêtre donnant sur Brookline Avenue. Erskine était aussi peu ostentatoire que son bureau. C'était un petit homme grassouillet, au crâne chauve entouré d'une couronne de cheveux gris coupés ras. Il avait un visage rond, des joues rouges et des mains dodues. J'avais lu quelque part qu'il avait été, en son temps, un excellent inter de deuxième division, mais c'était de l'histoire ancienne. Maintenant, il ressemblait à un Père Noël défroqué.

— Entrez, monsieur Spenser. La partie vous a plu ?

— Oui, merci pour le billet de faveur.

— Il n'y a pas de quoi. Marty est formidable, hein ?

J'acquiesçai. Erskine s'adossa à son fauteuil et se nettoya les coins de la bouche avec le pouce et l'index de la main gauche, qui vinrent se rejoindre au milieu de sa lèvre inférieure.

— Mon avocat prétend que je peux avoir confiance en vous.

Je hochai à nouveau la tête. Je ne connaissais pas son avocat. Erskine se frotta la lèvre.

— C'est vrai ?

— Cela dépend de ce que vous attendez de moi.

— Pouvez-vous me certifier que notre conversation restera confidentielle, quelle que soit votre décision ?

— Oui.

Erskine continua à tripoter sa lèvre inférieure, qui me paraissait pourtant propre.

— Qu'est-ce que mon avocat vous a dit, quand il vous a téléphoné ?

— Que vous souhaitiez me voir après la partie de cet après-midi et qu'il y aurait un laissez-passer à mon nom à l'entrée des journalistes, dans Jersey

Street, au cas où je désirerais assister d'abord au match.

— Quels sont vos tarifs ?

— Cent dollars par jour plus les frais. Mais, cette semaine, je fais une promotion spéciale : pour le même prix, je vous apprends en plus à vous servir d'une matraque.

— Il paraît que vous êtes fort, dit Erskine, mais je n'aurais pas juré qu'il le croyait.

— C'est encore votre avocat qui vous a dit cela ? demandai-je.

— Oui. C'est un inspecteur de police nommé Healy qui lui a parlé de vous. Je crois que la sœur de ce Healy a épousé le frère de la femme de mon avocat.

— Bon, eh bien vous savez tout ce que vous pouviez apprendre sur mon compte, Erskine. Le seul moyen de découvrir si vous pouvez me faire confiance, c'est d'essayer. J'ai une licence de détective privé et un casier judiciaire vierge. Et un visage franc et honnête. Je veux bien rester assis là et vous laisser m'examiner un moment, en échange du billet gratuit pour le match de base-ball, mais, tôt ou tard, vous serez obligé de me dire ce que vous avez à me dire, ou de me prier de prendre la porte.

Erskine m'observa encore un peu. Ses joues paraissaient un peu plus rouges, et sa lèvre inférieure commençait à se désquamer. Il la lâcha et posa sa main gauche à plat sur le bureau.

— D'accord, dit-il. Vous avez raison. Je n'ai pas le choix.

— Cela fait toujours plaisir d'être désiré, dis-je.

— Je veux savoir si Marty Rabb est en cheville avec des gens qui parient sur les matches.

— Rabb, dis-je. (Les réparties fulgurantes sont l'une de mes spécialités.)

— Oui, Rabb. Il y a un bruit qui court... non, pas même un bruit, un murmure, un vague chuchotement selon lequel Rabb pourrait truquer une partie de temps en temps.

— Marty Rabb? dis-je. (Quand j'ai une bonne réplique, j'aime bien m'y tenir.)

— Je sais. Cela paraît incroyable. En fait, je n'y crois pas. Mais c'est une possibilité, et il faut la vérifier. Vous savez ce que le moindre soupçon de corruption signifie en matière de base-ball.

Je hochai la tête.

— Si quelqu'un avait vraiment soudoyé Rabb, il pourrait se faire pas mal de pognon, pas vrai?

Le seul fait de m'entendre énoncer le problème fit déglutir péniblement Erskine. Il se pencha au-dessus de son bureau.

— C'est exact, dit-il. A la bourse des paris, les Sox font toujours une très grosse cote quand c'est Marty qui lance. Celui qui réussirait à encaisser cette surprime en ayant Rabb dans sa manche gagnerait beaucoup d'argent.

— Rabb ne perd pas souvent, objectai-je. Il a fait un excellent score, l'année dernière.

— Oui, mais quand il lui arrive de perdre, on pourrait ramasser le paquet. Et même s'il ne perd pas, il y a des parieurs qui misent sur le meilleur tour de batte. Marty pourrait fléchir un peu au bon moment. Nous ne sommes pas de gros marqueurs. Notre spécialité, c'est le lancer, la défense et la vitesse. Marty n'aurait pas besoin de sacrifier beaucoup de courses pour perdre, ni beaucoup de lancers pour réaliser un gros tour de batte. A condition que les paris soient placés au moment voulu, il suffirait qu'il le fasse une fois de temps en temps.

— Bon, je suis d'accord, ce serait une affaire en or d'obtenir la collaboration de Rabb. Mais qu'est-ce qui vous fait penser que quelqu'un l'a obtenue ?

— Je ne saurais vous le dire. On entend des réflexions qui n'ont pas de signification par elles-mêmes. On voit des choses qui ne prouvent rien, des fautes que n'importe qui pourrait commettre, mais, au bout d'un certain temps, on commence à avoir des doutes. Et j'en ai. Je me trompe probablement. Il n'y a rien de précis. Mais il faut que je sache à quoi m'en tenir. Pas seulement pour le club, pour Marty. C'est un gosse sensationnel. Si d'autres que moi se mettaient à douter de lui, il ne s'en relèverait pas. Il serait foutu avant même que l'on ait apporté le moindre semblant de preuve. Personne ne lui donnerait plus de balles à lancer.

— Charger un privé d'enquêter sur son compte n'est pas la meilleure manière d'étouffer l'affaire.

— Je sais, personne ne doit savoir qui vous êtes. Même si vous démontrez qu'il est innocent, le mal sera fait.

— Cela soulève un autre problème. Et s'il est coupable ?

— S'il est coupable, je veillerai à ce qu'il ne remette jamais les pieds sur un terrain de base-ball. A la minute même où les gens commencent à douter du score final, c'est tout le système qui s'écroule d'un bloc. Mais il faut d'abord que je sache ce qu'il en est, et, à mon avis, Marty n'a rien à se reprocher. J'ai besoin d'une preuve formelle. Et il faut que ce soit confidentiel.

— Je dois parler aux gens. Je dois fréquenter le

club. Je ne peux pas découvrir la vérité sans poser de questions ni observer ce qui se passe.

— Je sais. Il va falloir trouver une combine pour justifier votre présence. Même si vous savez jouer au base-ball, vous êtes trop vieux.

— Je ne pensais pas que ça se voyait, dis-je.

— Je voulais dire : trop vieux pour être un joueur débutant.

— Et si j'étais écrivain ? suggérai-je.

— Les gars connaissent tous les pisse-copie.

— Pas un chroniqueur sportif, un écrivain. Un type qui écrit un bouquin sur le base-ball... vous savez, un truc comme *les Champions de l'été* ou *les Dieux de la batte*.

Erskine réfléchit un instant.

— Pas mal, dit-il. Pas mal. Vous ne ressemblez pas beaucoup à un écrivain, mais, en fin de compte, à quoi ça ressemble, un écrivain ? Est-ce qu'on sait ? Pourquoi pas ? Je dirai aux joueurs que vous écrivez un livre, ça vous permettra de circuler librement dans le club et de poser des questions. C'est parfait. Vous avez quelque compétence en matière de littérature ?

— Il m'est arrivé de lire des livres, dis-je.

— Je veux dire : vous êtes capable de vous exprimer comme un écrivain ? Parce que, à vous voir, on vous prendrait plutôt pour un videur de club sportif.

— Je m'arrangerai pour que mon élocution soit moins bête que mon apparence.

— Oui, bon, ça me paraît O.K. Je ne vois pas d'objection. Mais, bon sang, soyez discret. Et quand je dis « discret », ça veut dire « discret », compris ?

— Comme nous disons, nous autres écrivains, je suis un parangon de discrétion. J'aurai besoin d'un coupe-file ou de toute autre pièce justificative que vous avez l'habitude de fournir aux journalistes. Et il serait probablement bon que vous m'accompagniez et que vous me présentiez aux joueurs.

— D'accord, je vais faire le nécessaire. (Il me regarda et recommença à tirailler sa lèvre.) Tout cela est strictement entre nous. Personne d'autre n'est au courant. Ni le directeur, ni les propriétaires, ni les joueurs, personne.

— Et votre avocat ?

— C'est mon avocat personnel, pas celui du club. Il croit que j'avais besoin de vous pour un motif privé.

— Bon, quand me présentez-vous à l'équipe ?

Erskine consulta sa montre.

— Trop tard pour aujourd'hui, la moitié des joueurs ont déjà pris leur douche et filé. Voulez-vous demain ? Nous descendrons au vestiaire avant le début de la partie, et je vous présenterai à tout le monde.

— Entendu, je serai là demain vers midi.

— Ce sera parfait. Vous avez un titre en vue, pour ce livre que vous êtes censé écrire ?

— Il faut quelque chose de raccrocheur, dis-je. Qu'est-ce que vous penseriez de *Voluptueux Baseball ?*

Erskine déclara que ce titre ne lui plaisait pas, et je rentrai chez moi pour en chercher un autre.

2

Le lendemain matin, je me levai tôt et allai faire du jogging le long du fleuve. Sur l'esplanade, des moineaux et des étourneaux se mêlaient aux pigeons, et j'aperçus deux mésanges sur le tas de sable de l'une des aires de jeux. Il y avait deux ou trois barques sur le fleuve, une fille au jean enfoncé dans de hautes bottes brunes promenait une paire de corgis, et quelques joggeurs faisaient comme moi.

Près de la lagune, après l'auditorium, un clochard vêtu d'un vieux complet de croisé bleu marine dormait sur un journal, et, dans Storrow Drive, les premiers embouteillages de la matinée commençaient à se former. J'habitais dans le bas de Marlborough Street, et il me fallut une dizaine de minutes pour gagner la passerelle qui conduit à l'Université en enjambant Storrow Drive. Je pénétrai dans le gymnase de l'Université par la porte latérale. Je connais quelqu'un au service sportif, et on me laisse utiliser la salle d'haltérophilie. Je m'entraînai pendant trois quarts d'heure avec des barres à disques, puis pendant une demi-heure avec le sac de sable. A ce moment-là, quelques étudiants passaient au gymnase en se rendant à leurs cours, et je terminai par une éblouissante démonstration de travail aux haltères. Cela ne parut pas les impressionner.

Toujours joggant, je repartis le long du fleuve en sens inverse. Le soleil était beaucoup plus chaud, la rosée des pelouses s'était évaporée, et le trafic matinal battait son plein. J'étais de retour chez moi à neuf heures moins cinq, luisant de transpiration, puant la sueur et crevant de faim.

Je pressai quelques oranges, bus leur jus, branchai la cafetière électrique et allai me doucher. A neuf heures et quart, j'étais à nouveau dans la cuisine, drapé dans le peignoir rouge et blanc que Susan Silverman m'avait offert pour mon dernier anniversaire. Il avait des manches courtes, un parapluie de golf brodé sur la poche de poitrine et la griffe *Jack Nicklaus.* Chaque fois que je l'enfilais, j'avais envie de crier : « Gare devant ! »

Je bus ma première tasse de café en me préparant une omelette aux champignons et au xérès, et ma seconde tasse en mangeant ladite omelette, accompagnée d'une rôtie de pain arabe sans levain, et en lisant la première édition du *Globe.* Mon repas terminé, je rangeai la vaisselle dans le lave-vaisselle, fis mon lit et m'habillai. Socquettes grises, pantalon gris, mocassins noirs et polo de jersey coquille d'œuf, parsemé de petits hexagones rouges. Je fixai mon étui à revolver à ma ceinture, sur la hanche droite. La nuance de l'acier bleui de l'arme s'harmonisait parfaitement avec le cuir noir de l'étui et le gris de mon pantalon. Pour dissimuler le revolver, j'enfilai une veste de toile grise, aux poches et aux revers soulignés de surpiqûres rouges. Je m'examinai dans la glace. Adorable. Une chance que ce n'ait pas été la journée des femmes : je me serais fait draguer au stade.

Lorsque je sortis dans Marlborough Street, la température avoisinait 30 °C et le soleil brillait de tous ses feux. Je gagnai le stade Fenway en me promenant. Il était encore trop tôt pour que les spectateurs aient commencé à arriver, mais on apercevait déjà les premiers signes précurseurs du match de l'après-midi. Le vieux qui vend des cacahouètes devant le stade poussait sa charrette à bras vers Kenmore Square, sa marchandise recouverte d'une vieille bâche. Un couple d'un certain âge avait garé une Chevrolet marron devant une bouche d'incendie, près de Kenmore Square, et installait son petit commerce de ballons. Le coffre de la voiture était ouvert, une bouteille d'air comprimé était appuyée contre le pare-chocs, et l'homme, coiffé d'une visière de tennis bleue et rouge, ouvrait la grande boîte en carton que contenait le coffre. Non loin du carrefour de Brookline Avenue, devant la station de métro, un jeune homme aux longs cheveux blonds vendait des petits fanions portant *Red Sox* en lettres écarlates sur fond bleu. Je regardai ma montre : midi moins vingt. De Kenmore Square, on ne voyait pas le stade, mais ses pylônes d'éclairage se dressaient au-dessus des immeubles et on savait qu'il n'était pas loin. Lorsque je tournai dans Brookline Avenue en direction du stade, je retrouvai une sensation de ma jeunesse : mon père et moi avions l'habitude d'arriver d'aussi bonne heure, pour voir les équipes prendre place sur le terrain.

Je longeai Brookline Avenue, bifurquai dans Jersey Street et montai l'escalier conduisant au bureau d'Erskine. Il y était. Son fauteuil basculé en arrière, un pied posé sur le tiroir du bas, il lisait ce qui paraissait être un document officiel. Je refermai la porte derrière moi.

— Alors, Spenser, dit-il, vous avez trouvé un autre titre pour ce bouquin ?

— Qu'est-ce que vous penseriez de *Batteurs sachant batter ?*

— Bon Dieu, Spenser, ce n'est pas un sujet de plaisanterie. Il faut que vous ayez quelque chose à répondre, si on vous pose la question.

— *La Balle à la batte ?*

Erskine respira à fond, rejeta l'air lentement, secoua la tête comme si un taon s'y était posé, referma le tiroir d'un coup de pied et se leva.

— Peu importe, dit-il. Allons-y.

Dans l'escalier, il me remit un laissez-passer de presse.

— Glissez-le dans votre portefeuille, dit-il. Ça vous permettra d'aller partout.

A la porte A, un gardien à casquette bleue dit « Ça va, Harold ? » lorsque nous passâmes devant lui. Les marchands commençaient à installer leurs stands. Un homme en combinaison de travail verte empilait des caisses de bière sur un chariot. Nous entrâmes dans le vestiaire.

Ma première réaction fut le désappointement. Cela ressemblait à la plupart des vestiaires. Des placards ouverts, avec une tablette en haut, un tabouret devant et un nom au-dessus. Sur la droite, la salle d'entraînement, avec vibromasseur, table de massage et armoire à pharmacie, à travers les portes vitrées de laquelle on apercevait un assortiment de bandes et de flacons de liniment. Un homme en tee-shirt blanc et pantalon de coton blanc était en train de bander la cheville gauche d'un balaise noir qui fumait le cigare, assis en caleçon sur la table de massage.

Les joueurs s'habillaient. L'un d'eux, un jeune

rouquin trapu, cria quelque chose à un interlocuteur invisible derrière les placards.

— Hé, Ray, je pourrai retourner au filet d'arrêt, c't aprème ? Il y a une groupie, dans ce coin-là, qui me refile un paquet de chewing-gum chaque fois que c'est à nous de recevoir.

— C'est parce que tu essayais de la repérer que tu as loupé cette balle à Detroit, la semaine dernière ? rétorqua une voix derrière les placards.

— Oh, écoute, Ray, ça peut arriver à tout le monde de louper une balle. Toi-même, je t'ai vu en louper une quand j'étais môme et que tu étais mon idole.

Un grand type maigre contourna les placards, les mains dans les poches. Il avait dans les quarante-cinq ans et des cheveux noirs très courts, avec une raie de côté. Les pattes étaient coupées au ras des oreilles, et on voyait qu'il était allé chez un coiffeur qui effectuait le plus gros de son travail à la tondeuse électrique. Son visage était tanné par le soleil, et quelques fils d'argent se mêlaient à ses cheveux noirs. Il ne portait pas de maillot de corps sous sa blouse d'uniforme, et les veines saillaient sur ses bras noueux. Erskine lui fit signe de venir nous rejoindre.

— Ray, dit-il, je te présente M. Spenser. Spenser, Ray Farrell, notre manager. (Nous nous serrâmes la main.) Spenser est écrivain, il prépare un livre sur le base-ball, et je l'ai autorisé à fréquenter le club pendant quelque temps, à interviewer les joueurs, à voir comment ça se passe.

Farrell hocha la tête.

— Comment s'appellera votre bouquin, Spenser ? demanda-t-il.

— *La Saison d'été,* répondis-je. (Erskine parut soulagé.)

— C'est un bon titre. (Farrell se tourna vers le vestiaire.) Ecoutez un peu, les gars. Ce type s'appelle Spenser. Il écrit un bouquin, et il va passer un moment avec nous. Il vous posera des questions, il prendra probablement quelques notes, et je veux que tout le monde coopère. (Il se retourna vers moi.) Content de vous connaître, Spenser. Voulez-vous que je demande à quelqu'un de vous présenter à chacun des joueurs ?

— Non, merci. Je me présenterai moi-même au fur et à mesure.

— D'accord, au plaisir de vous revoir. Si je peux vous être utile, ne vous gênez pas.

Il s'éloigna.

— Bon, maintenant vous vous débrouillez tout seul, dit Erskine. Tenez-moi au courant.

Et il s'en alla.

— Hé, Billy ! cria au rouquin le Noir assis sur la table de massage. T'aurais mieux fait de la boucler, au sujet de ce paquet de chewing-gum. Ce type va parler de toi dans son bouquin, et, quand elle lira ça, Sally te filera une dérouillée. (Il avait une voix aiguë, criarde.)

— Des clous. De toute façon, elle ne le croirait pas. (Le rouquin vint vers moi et me tendit la main.) Billy Carter, se présenta-t-il. C'est moi qui arrête quand Gros Lard a la gueule de bois.

Il désigna d'un mouvement de menton le malabar noir, qui était descendu de la table et se dirigeait vers nous. Celui-ci n'était pas grand, mais il avait une carrure impressionnante, et la couche de graisse lisse et bronzée qui l'enveloppait ne cachait pas les muscles souples et puissants qui jouaient dessous. Je serrai la main de Carter.

— N'oubliez pas de garder les tickets primes de

vos paquets de chewing-gum, lui dis-je. (Je me tournai vers le Noir.) Vous êtes West, si je ne me trompe ?

Il hocha affirmativement la tête.

— Vous m'avez vu jouer ? demanda-t-il.

— Non, répondis-je, c'est à la télé que je vous ai vu, dans une pub pour Brut.

Il rit, un rire haut perché.

— Mon parfum préféré, mon vieux. Je m'en remets entre chaque tour de batte.

Du bout de la rangée de placards, une voix cria :

— T'as une sacrée réputation auprès de nos adversaires, Holly : ils disent tous que tu sens la putain.

— Pas devant moi, glapit West.

La plupart des joueurs étaient maintenant en tenue et prenaient le chemin du terrain. Un petit homme mince, portant un complet de crépon de coton bleu ciel et des lunettes d'écaille brune, entra dans le vestiaire. Il me chercha des yeux et s'approcha de moi.

— Spenser ? dit-il. (J'acquiesçai.) Jack Little. Je suis l'agent de publicité des Sox. Hal Erskine m'a dit que je vous trouverais ici.

— Enchanté de faire votre connaissance, dis-je.

— Si je peux vous être utile en quoi que ce soit, ce sera avec plaisir. Je suis là pour ça.

— Vous avez des notices biographiques des joueurs ? demandai-je.

— Et comment. Je possède un dossier de presse complet sur chacun d'eux. Passez à mon bureau, je dirai à la petite de vous remettre tout cela.

— Elle a quel âge, cette petite ?

— Millie ? Seigneur, je n'en ai pas la moindre idée. Ça fait une paye qu'elle travaille au club. Jamais je ne demande son âge à une dame, Spenser.

C'est le meilleur moyen de s'attirer des ennuis. Je n'ai pas raison ?

— Si, entièrement raison.

— Venez, dit-il. Je vais vous conduire à la casemate, vous désigner certains des joueurs, vous acclimater, en quelque sorte. D'accord ?

J'approuvai.

— M'acclimater, dis-je.

3

Je m'assis dans la casemate, l'abri en contrebas où se tiennent les joueurs, sur le terrain, et regardai ceux-ci s'échauffer pendant que Little, à côté de moi, fumait des Chesterfield king size à la chaîne et me désignait les vedettes de l'équipe. Le public commençait à remplir les gradins, et le niveau sonore s'élevait. Les Yankees sortirent de leur vestiaire et arrivèrent sur le terrain dans la tenue grise qu'ils portent en déplacement. La plupart d'entre eux étaient très jeunes. Cheveux longs dépassant de la casquette et bubble-gum.

Rabb entra dans la casemate. Il était en survêtement.

— Celui-là, avec le bloc-notes, c'est Marty Rabb, m'informa Little. Il a lancé hier, alors, aujourd'hui, il marque les points.

Je hochai la tête.

— Un type formidable, reprit Little. Le petit gars le plus sympa que vous ayez jamais vu. Jamais un caprice, pas bêcheur pour deux ronds. Un vrai mordu du base-ball. Parce qu'il y a beaucoup de jeunes, au jour d'aujourd'hui, qui jouent pour le fric. Mais pas Marty. Un gosse vraiment impec. Fana du base-ball.

Un gros homme à triple menton sortit du passage

conduisant au pavillon et s'arrêta sur la marche supérieure de la casemate, la tête tournée vers le terrain. Il avait de longs cheveux blond filasse, et sa coupe à la dernière mode était visiblement l'œuvre d'un coiffeur à dix dollars. Il était adipeux, avec un nez crochu, acéré, saillant d'un visage bouffi, rougeaud. Une chemise à carreaux rouges, dont les deux boutons supérieurs étaient ouverts, surmontait son imposante bedaine, tel le drapeau de son appétit. Il portait un pantalon de lin bleu marine à fond large et d'étincelantes chaussures blanches à boucles de cuivre.

— Qui est-ce ? demandai-je à Little.

— Comment, vous ne le connaissez pas ? Mais c'est l'illustre Bucky Maynard, le commentateur sportif le plus réputé de la télé. Ne lui dites surtout pas que vous ne l'aviez pas reconnu, il vous écorcherait vif.

— Il ne doit pas s'entraîner souvent avec l'équipe, dis-je.

Maynard tira de sa poche un cigare vert pâle et l'alluma méticuleusement, en le faisant tourner entre ses doigts pour qu'il se consume régulièrement.

— Pour l'amour du ciel, ne faites pas non plus de remarques sur son poids, dit Little. Il vous boufferait tout cru.

— Est-ce que je pourrai me racler la gorge, pendant qu'il sera sur le stade ?

— Plaisantez tant que vous voudrez, mais si Bucky Maynard vous prend en grippe, vous risquez d'avoir de gros ennuis. Parce qu'il peut vous éreinter à l'antenne. Et qu'il ne s'en privera pas.

— Je croyais qu'il était payé par le club, dis-je.

— C'est exact. Mais il est tellement populaire que nous ne pourrions pas nous débarrasser de lui si l'envie nous en prenait. Et Dieu sait que c'est arrivé plus d'une fois. (Little se tut brusquement et regarda autour de lui avec inquiétude. Je me demandai s'il avait entendu un moustique.) Mais ne me faites pas dire ce que je n'ai pas dit. Buck est un type sensationnel, seulement il est très orgueilleux et il n'y a pas intérêt à le braquer. D'ailleurs, il n'y a jamais intérêt à braquer qui que ce soit, pas vrai ?

— Scrupuleusement exact, dis-je.

La formule lui plut. Je sentis qu'il la ressortirait avant la fin de la journée. J'ai vraiment l'art du mot juste.

Maynard s'approcha de nous, et Little se leva.

— Salut, Buck, comment va ?

Maynard le regarda sans répondre. Little avala sa salive.

— Permettez-moi de vous présenter M. Spenser, qui écrit un livre sur les Sox.

Maynard me salua d'un signe de tête.

— Spenser, dit-il.

Il avait un accent du Sud qui étira la dernière syllabe et escamota le « r ».

— Enchanté, répondis-je en espérant ne pas l'offenser.

— Je suis sûr qu'il voudra causer avec vous, Buck, dit Little. On ne pourrait pas écrire un bouquin valable sur les Sox sans parler de ce vieux Buck. Pas vrai, Spenser ?

— Tout à fait, dis-je.

Little alluma une nouvelle Chesterfield king size au mégot de la précédente.

— Montez donc tous les deux faire un tour à la cabine, tout à l'heure, dit Maynard. Vous regarderez la partie de là-haut, et cela vous donnera l'occasion de voir comment travaille une équipe de radiodiffusion.

— Merci, dis-je, avec plaisir.

— Mais ne vous attendez pas à y entendre des boniments prédigérés. Dans mon studio, nous décrivons le match tel qu'il se déroule. Pas de panégyrique à la graisse de chevaux de bois. Quand un joueur se mélange les pédales, sacrebleu, nous disons qu'il se mélange les pédales. Vous me suivez ?

— Au petit trot, dis-je.

Maynard m'observa en plissant les paupières. Ses petits yeux pâles étaient aussi expressifs que des cachets d'aspirine.

— Vous pouvez croire ce que je dis, parce que tous ceux qui me connaissent savent que c'est la vérité. Pas vrai, Jack ?

Little répondit avant même que Maynard n'ait refermé la bouche.

— Absolument, Buck, c'est de notoriété publique. Bucky dit les choses comme elles sont, Spenser. C'est pour ça que les fans l'adorent.

— Montez me voir quand vous voudrez, Spenser. Jack vous montrera le chemin.

Maynard fit tourner le cigare vert entre ses lèvres, cligna de l'œil et sortit sur le terrain, en direction de la casemate des Yankees.

Du banc des joueurs, Billy Carter cria « Baleine en vue », puis s'absorba ostensiblement dans la contemplation des gradins du champ droit, tandis que Maynard pivotait sur ses talons et fixait l'intérieur de la casemate. Ray Farrell, qui était sorti du vestiaire, était en train de composer son équipe à l'extrémité du local. Il dédaigna Carter et Maynard. Ce dernier resta près d'une minute à observer le banc des joueurs, tandis que Carter contemplait le champ de jeu droit de dessous la visière de sa casquette, les pieds en l'air, appuyés contre l'un des montants de l'auvent. Il sifflotait *Une poule sur un mur*. Maynard finit par faire demi-tour et repartit vers la casemate des Yankees.

Little poussa un soupir.

— Sacré Carter, il finira par s'attirer de sérieux ennuis, un de ces jours. Tout le temps à blaguer, tout le temps à faire le mariole. Ce n'est pas son intérêt. Voilà un gars qui dispute à tout casser une trentaine de matches par an. On pourrait croire que ça le rend un peu modeste, mais il faut toujours qu'il ramène sa fraise. (Little fit tomber de la cendre sur le devant de sa chemise et l'épousseta vigoureusement.)

— Moi aussi, j'ai songé à *Moby Dick*, lorsque Maynard était planté là, obscurcissant le soleil.

— Si vous vous mettez Bucky à dos, je vous certifie que votre livre ne verra jamais le jour, Spenser. Je parle sérieusement.

Little avait l'air de souffrir, et son petit visage était sincèrement bouleversé. Farrell gravit les marches de la casemate et se dirigea vers la base de départ avec la fiche indiquant la composition de son équipe. Le manager des Yankees en fit autant du côté opposé, et, pour la première fois, je vis les arbitres. Plus âgés que les joueurs, et plus massifs.

— Je crois que je vais monter à la cabine de radiodiffusion, annonçai-je. Au cas où Maynard se fâcherait après moi et me boufferait tout cru, je vous serais obligé de prévenir ma maman.

Little ne voulut rien entendre. Il m'accompagna à la tribune de presse, me fit franchir une passerelle et me conduisit sous le toit, dans le sanctuaire de Maynard.

La cabine de radiodiffusion était une pièce exiguë,

encombrée de câbles électriques, d'écrans de télévision, de fils de micro et d'une grande caméra de prise de vues en couleurs. Celle-ci était pointée sur un mur nu, au fond de la pièce. Pour les spots publicitaires, supposai-je. Pour donner à Bucky Maynard l'occasion de dire les choses comme elles étaient au sujet de la bière Machinchouette. Il y avait déjà deux hommes dans la cabine. Je reconnus l'un d'eux : Doc Wilson, qui jouait autrefois première base dans l'équipe des Minnesota Twins et faisait maintenant des commentaires amusants sur les matches des Sox. C'était un grand type anguleux, avec des lunettes sans monture et de courts cheveux bruns ondulés. Assis devant la table de contrôle, il feuilletait le registre de l'émission en buvant du café dans un gobelet de carton. L'autre était jeune, dans les vingt-deux ans. Svelte, de taille moyenne, il avait de longs cheveux blonds et une moustache tombante. Il portait un chapeau de safari blanc, entouré d'un large ruban en peau de léopard, des lunettes de pilote à verres teintés, une chemise de soie blanche ouverte jusqu'à la taille et un jean blanc enfoncé dans des bottes de brousse fauves. Une ceinture fauve cloutée, en cuir tressé, lui ceignait la taille, et un bracelet de cuivre lui enserrait le poignet droit. Vautré dans un fauteuil pliant en toile rouge, les pieds sur le pupitre de régie, il lisait un numéro de *National Star* en mâchant du chewing-gum.

A notre arrivée, Wilson leva les yeux.

— Salut, Jack. Ça boume ?

— Doc, je vous présente Spenser. C'est un écrivain qui prépare un ouvrage sur les Sox, et Bucky l'a invité à monter jeter un coup d'œil sur la cabine de radiodiffusion.

Wilson me tendit la main, et je la serrai.

— Parfait, dit-il. Du moment que Buck est d'accord, c'est d'accord. Si je peux vous être utile en quoi que ce soit, faites-moi signe.

Le jeunot au chapeau de safari ne nous avait pas accordé un regard. Il humecta son pouce et tourna une page du *Star* sans cesser de mastiquer son chewing-gum avec la régularité d'une machine.

— Lui, c'est Lester Floyd, dit Little. Lester, je vous présente M. Spenser.

Lester se contenta d'incliner la tête, leva un doigt sans lâcher son magazine et continua à lire.

— Qu'est-ce qu'il fait ? demandai-je. Il chante *Joli Blondinet* entre deux émissions ?

Cette fois, le jeune homme leva la tête. Je ne pus distinguer ses yeux à travers les verres ambrés de ses lunettes d'aviateur. Il souffla une grosse bulle de chewing-gum rose, la fit claquer avec ses dents et la ravala lentement.

— Lester est le chauffeur de Bucky, Spenser, expliqua Little. Lester, Spenser s'apprête à écrire un livre sur les Sox et sur Bucky.

Lester gonfla une nouvelle bulle de chewing-gum et la régurgita.

— Il peut s'apprêter à lécher le trou de son cul, s'il joue au con avec moi, dit-il. (Ses pommettes étaient un peu rouges.)

— Tout compte fait, je doute qu'il chante *Joli Blondinet*, dis-je à Wilson.

— Oh, voyons, Lester, M. Spenser voulait seulement plaisanter, protesta Little en déplaçant nerveusement ses pieds.

Wilson regardait le terrain par la vitre. Lester mâchonnait plus vite.

— Et moi, je lui dis où il peut se les mettre, ses plaisanteries, rétorqua Lester.

— Laisse tomber, Lester, dit la voix de Maynard derrière mon dos. C'est moi qui ai invité M. Spenser à monter ici pour écouter mon émission. Il est mon hôte.

— Il s'est foutu de moi avec une histoire de chanson, Bucky. J'aime pas ces façons-là.

— Je sais, Lester, et je ne t'en blâme pas. Monsieur Spenser, vous me feriez plaisir si vous vous excusiez auprès de Lester. C'est un garçon charmant, mais très sensible. Il est également ceinture noire de tae kwon do, et je ne voudrais pas qu'il vous démolisse la main avec laquelle vous tenez votre stylo avant même que vous n'ayez commencé à écrire.

Me colleter avec Lester dans la cabine de radiodiffusion ne m'apprendrait rien sur Marty Rabb. Si ce gringalet était vraiment fort, cela m'apprendrait peut-être quelque chose sur moi-même, mais ce n'était pas pour cela qu'on me payait. De plus, je savais à quoi m'en tenir sur mon propre compte. Et un homme de lettres n'est pas censé flanquer des trempes aux ceintures noires.

— Je m'excuse, Lester, dis-je. Parfois, je pousse la plaisanterie trop loin.

Lester me fit claquer son chewing-gum sous le nez une dernière fois et se replongea dans *National Star*. Maynard sourit du bout des lèvres et se dirigea vers un gros fauteuil à pivot capitonné, derrière la table de contrôle. Il s'assit, se coiffa d'un casque d'écoute insonorisé et parla dans le micro. Le petit monitor encastré dans la table, à sa droite, s'était allumé et diffusait l'image du cadre de batte, sur le terrain. Une longue liste ronéotypée était fixée par une pince devant les yeux de Maynard, qui vérifia les deux premières lignes tout en parlant.

— Burt, je vais débuter sur Stabile à l'entraînement. Doc et moi, on fera un petit topo sur les balles lobées et la façon dont elles flottent. D'accord ?... On démarre dès que tu auras enclenché la première bobine.

Wilson me regarda et dit : « Il parle au cameraman qui est en bas, dans le car de reportage. » Je hochai la tête. Lester lécha son pouce et tourna une nouvelle page.

Little se pencha vers moi et chuchota : « Il faut que je file. Si vous avez besoin de quelque chose, faites-le-moi savoir. » Je hochai à nouveau la tête, et Little s'en alla sur la pointe des pieds, comme un homme qui quitte l'église avant la fin du service.

— Je n'ai rien à diffuser en direct, hein ? demanda Maynard aux techniciens du car. En tout cas, je ne vois rien sur la liste... Mais non, bon sang, j'ai enregistré cela hier après-midi... D'accord... Eh bien, vas-y, mon gars.

Un dessin animé représentant un joueur de base-ball un peu pataud, vêtu de la tenue des Red Sox, apparut sur le monitor. « Vingt secondes », dit Maynard à Wilson. Sur le terrain, à notre droite, un lanceur droitier corpulent, Rick Stabile, se faisait la main. Il lançait en douceur, envoyant sa balle en chandelle vers l'arrêteur.

— Bon après-midi à tous, dit Doc Wilson dans son micro. Nous sommes au stade Fenway, à Boston, où les Red Sox vont affronter à nouveau les Yankees pour la belle d'un match en trois manches. C'est Doc Wilson qui vous parle, et Bucky Maynard est à côté de moi, prêt à vous décrire la partie coup par coup.

Un spot publicitaire pour une bière apparut sur l'écran du monitor, et Wilson s'adossa à son siège.

— Tu démarres sur Stabile, Buck ?

— Banco, dit Maynard.

Wilson lui tendit la liste des plans et se pencha en avant, tandis que l'emblème de la marque de bière emplissait l'écran du monitor. Lester, qui avait terminé son illustré, se lova dans son fauteuil et, apparemment, s'endormit. On aurait dit un serpent au repos. Tae kwon do ? Je ne m'étais encore jamais mesuré à quelqu'un pratiquant cet art martial. Je l'observai attentivement. Il ne bougeait pas. Le souffle qui s'échappait de ses narines ébouriffait légèrement les poils de sa moustache. Il était probablement paralysé par la peur.

— Un bon après-midi en perspective pour tous les fans des Red Sox, dit Maynard. C'est le vieux Buckaroo qui vous parle, et vous voyez en ce moment Rick Stabile s'entraîner...

Au sixième tour de batte, la partie était perdue pour Boston. Les chandelles de Stabile semblaient avoir tendance à retomber en chute libre au lieu de plonger gracieusement, et les Yankees menaient par 11 points à 1. Je quittai la cabine à deux reprises, une fois pour aller chercher de la bière et des hot dogs, l'autre pour acheter des cacahouètes. Lester dormait, et Maynard et Wilson s'efforçaient de ranimer l'intérêt en plaisantant.

— Dis donc, Doc, c'est une ceinture de sauvetage que Stabile porte autour de la taille ?

— Je ne sais pas, Bucky. C'est un type qui a toujours eu du cran, mais, cette année, il me semble avoir surtout de l'estomac.

— Disons les choses comme elles sont, Doc. Au printemps, quand il a repris l'entraînement, il était gras comme un moine, et il n'a pas perdu sa bedaine...

Je me levai et sortis de la cabine. Wilson me fit un clin d'œil au moment où je franchissais la porte.

En partant, je passai par le bureau de Little pour prendre les dossiers de presse de Marty Rabb et de quatre autres joueurs. La môme de Little portait un râtelier.

4

La vapeur des douches envahissait le vestiaire, saturant l'air d'humidité. La partie s'était terminée sur le score de 14 à 3, et personne n'offrait le champagne à personne. Je m'assis à côté de Marty Rabb. Penché en avant, il délaçait ses chaussures à pointes. Lorsqu'il se redressa, je me présentai.

— Spenser, dis-je. J'écris un livre sur les Sox et j'ai l'impression que je devrais commencer par vous.

Rabb sourit et me tendit la main.

— A votre service, dit-il. Mais je crois qu'il vaudrait mieux ne pas parler de la rencontre d'aujourd'hui, hein ?

Il secoua la tête. C'était un grand gaillard tout en méplats et en angles vifs, qui dépassait largement mon mètre quatre-vingt-cinq. Ses courts cheveux bruns descendaient en pointe sur son front, et il avait une tête rectangulaire, en forme de bêche. Ses hautes pommettes saillantes faisaient paraître ses joues un peu creuses.

— D'après Bucky Maynard, dis-je, Stabile est trop gros et tous ses ennuis viennent de là.

— Vous avez vu Lolich ? rétorqua Rabb. Et Wilbur Wood ?

— Bien sûr, dis-je. Et j'ai également vu Maynard.

Rabb sourit.

— Ricky ne lance pas avec son ventre. La balle ne l'avait pas à la bonne aujourd'hui, c'est tout.

— Elle vous avait à la bonne hier.

— Oui, hier, je l'avais bien en main.

Tout en parlant, Rabb se déshabillait. Il avait un corps osseux, aux muscles longs, qui semblait tout blanc en comparaison de son visage, de son cou et de ses bras hâlés.

— En fait, dis-je, ce qui m'intéresse surtout, dans le base-ball, c'est le côté humain. On ne pourrait pas se voir ce soir et bavarder un peu ?

Rabb était maintenant tout nu, avec une serviette sur les épaules. A dire vrai, la plupart des occupants du vestiaire étaient nus, et j'avais l'impression de m'être fourvoyé dans un camp de naturistes.

— Si, bien sûr. Voyons voir... Non, nous ne faisons rien de spécial ce soir, à ma connaissance. Vous pourriez passer à l'appartement, vous ferez la connaissance de ma femme et on prendra un verre. Ça vous va ?

— Au poil, à quelle heure ?

— Eh bien, le petit se couche vers sept heures... disons sept heures et demie. D'accord ?

— D'accord. Où habitez-vous ?

— Church Park. Vous savez où c'est ?

— Oui.

— Appartement 612.

Je consultai ma montre : 4 h 35.

— Parfait, vous pouvez compter sur moi. Merci beaucoup.

— A ce soir.

Rabb se dirigea vers la douche. Il avait un dos long et mince, avec le trapèze gauche hypertrophié, faisant saillie le long de sa colonne vertébrale.

En quittant le stade, maintenant désert, je longeai l'esplanade de Commonwealth Avenue jusqu'à Massachusetts Avenue. Si la première de ces deux artères est yin, alors la seconde est yang. On y trouve des restaurants où personne de votre connaissance n'a jamais mis les pieds, des immeubles de bureaux aux vitres sales, des fast food, une diseuse de bonne aventure et un salon de massage. Je traversai la chaussée et entrai dans la *Yorktown Tavern :* vitrines nues, linoléum marron, plafond blanc tarabiscoté, une rangée de boxes sur la gauche, un comptoir sur la droite. Au fond, un poste de télé en couleurs diffusait un match de bowling que personne ne regardait. Tous les tabourets du bar étaient occupés, ainsi que la plupart des boxes. Aucun des consommateurs ne portait de cravate. Personne ne buvait de Harvey Wallbanger. La spécialité de la maison était le coup de raide accompagné d'un demi.

Le dernier box de la rangée était occupé par un homme solitaire, qui s'appelait Seltzer et me faisait toujours penser à un phoque. Il était luisant, grassouillet, étroit de poitrine et large de hanches. Ses cheveux noirs calamistrés étaient divisés par une raie médiane et plaqués sur son crâne. Il avait une moustache mince, un nez pointu et un complet foncé à fines rayures qui avait dû lui coûter trois cents dollars au bas mot. Sa chemise blanche paraissait éblouissante, par contraste avec le costume sombre et la propreté douteuse de l'établissement. Il lisait le *Herald American.* Lorsque je me glissai en face de lui dans le box, il tourna la page et la rabattit méticuleusement par-derrière. Je vis scintiller le gros solitaire qu'il portait au petit doigt et les petits diamants sertis dans ses boutons de manchette en argent massif. Il sentait l'eau de Cologne et, lorsqu'il leva les yeux vers moi et me sourit, sa petite bouche exhiba une rangée de jaquettes parfaitement blanches et régulières.

— Salut, Lennie, dis-je.

— Tu sais, Spenser, dit-il, il y a des petits trucs qui sont vraiment casse-bonbons. T'as remarqué ? Autrefois, je lisais le *Record American,* tu te rappelles ? Un petit format commode, facile à manipuler. Il a fallu que ces cons-là rachètent le *Herald.* Du coup, ils ont adopté le grand format, et on croirait lire une foutue carte routière. Et ça me brise les burnes, d'essayer de remettre cette saloperie dans les plis. Ça ne t'emmerde jamais, ce genre de truc ?

— Quand je n'ai rien de mieux à faire, dis-je.

— Tu bois quelque chose ?

— Oui, je prendrai un alexandra.

Seltzer gloussa.

— Hé, Frank ! (Il fit signe au barman.) Un coup de raide et un demi, s'il te plaît.

Le barman apporta les consommations, posa le demi sur une rondelle de carton et retourna derrière son comptoir. Je vidai le petit verre d'un trait.

— Eh bien, dis-je, si j'avais des vers, j'en suis probablement débarrassé.

— Il faut reconnaître que Frank ne laisse pas vieillir cette gnôle très longtemps.

Je goûtai la bière. Elle était meilleure que le whisky.

— Lennie, j'ai besoin d'un tuyau sans que personne ne sache que je me renseigne.

Il avait une peau extraordinaire, lisse, pâle et sans rides. Elle n'avait pas vu souvent le soleil. Cela le faisait paraître beaucoup plus jeune qu'il ne l'était en réalité.

— Bon, dit-il. Tu me connais, petit. C'est pas mon

genre de bavasser à tort et à travers. Qu'est-ce que tu veux savoir ?

Il but une gorgée de bière en tenant son verre du bout des doigts, le petit doigt en l'air. Après avoir reposé le verre, il tira son mouchoir de sa poche de poitrine et s'essuya minutieusement les lèvres.

— Je voudrais que tu me dises si tu as entendu courir des bruits sur Marty Rabb.

Seltzer remit le mouchoir en place avec le plus grand soin. Il arrangea les trois pointes et se leva à moitié de la banquette pour regarder dans la glace du bar si elles étaient correctement disposées.

— Quel genre de bruits ?

— N'importe lequel.

— Tu veux savoir s'il lui arrive à l'occasion de miser de l'argent sur un match ? C'est ça ?

— Ça ou autre chose.

— En tout cas, il n'a jamais parié chez moi, mais j'ai entendu une réflexion bizarre à son sujet. Il paraît que la cote varie légèrement quand c'est lui qui lance. Quand il doit jouer, on enregistre quelques enjeux inhabituels. Pas des grosses sommes, pas de quoi me mettre la puce à l'oreille si un loustic dans ton genre n'était pas venu se renseigner sur lui.

— Tu penses qu'il est dans le coup ?

— Rabb ? Foutre non, Spenser. C'est bien moins grave que ça. On chuchote simplement qu'il se pourrait que tout ne soit pas entièrement blanc-bleu. Je prendrais des paris sans hésiter quand c'est Rabb qui lance, et je ne connais personne qui hésiterait. C'est seulement que... (Il haussa les épaules et écarta les mains, paumes en l'air.) Un autre verre ?

Je secouai la tête.

— Le premier m'a décapé l'émail des dents de devant, dis-je.

— Ah, Spenser ! (Seltzer hocha la tête.) Tu te ramollis. Je me souviens qu'il y a vingt ans, quand tu boxais à l'Arena en début de programme, tu croyais que cette camelote était importée de France.

— Dans ce temps-là, tu ne t'habillais pas non plus comme George Brent, si j'ai bonne mémoire.

Seltzer acquiesça.

— Eh oui, dit-il, les choses changent. Maintenant, au lieu d'un journal, on te refile une saloperie de carte routière. Tu te rends compte ?

Je le laissai replier son journal et partis chercher quelque chose à me mettre sous la dent. Le whisky du bistrot m'avait mis l'estomac en feu, et j'espérais qu'un peu de nourriture calmerait l'incendie.

5

Je me tapai deux cheeseburgers et un lait chocolaté dans un antique snack en brique de Huntington Avenue, juste à côté de Symphony Hall. Cela stabilisa effectivement le whisky, mais j'en ressortis en rasant les murs, parce que si jamais quelqu'un m'apercevait, la porte du *Locke-Ober's* me serait définitivement fermée. Ce qui aggravait mon cas, c'était que j'avais trouvé les cheeseburgers excellents.

Comme j'étais un peu en avance, je remontai tout doucement Massachusetts Avenue jusqu'à Church Park. Church Park n'est pas un parc, mais un vaste ensemble résidentiel en béton gris, incorporé dans le complexe urbain de l'église de la Science Chrétienne, qui se dresse de l'autre côté de l'avenue. Les promoteurs ont remplacé une quantité de bâtiments en brique délabrés par un unique édifice de béton, haut de douze étages et extrêmement long, avec magasins au rez-de-chaussée et appartements au-dessus. Le portier me fit attendre pendant qu'il m'annonçait par téléphone.

Lorsque je sortis de l'ascenseur, Marty Rabb me guettait dans le couloir, sur le pas de sa porte. Il y avait quelque chose de surréaliste dans la manière dont sa tête rompait l'effrayante symétrie du palier.

— Par ici, Spenser, dit-il. Content de vous voir.

La porte d'entrée donnait dans le living-room. A droite, une chambre à coucher ; au fond, une petite cuisine. A gauche, les fenêtres du living-room s'ouvraient sur l'avenue et sur le dôme de l'Eglise mère du Christ scientiste, située juste en face. On entendait les bruits de la circulation. La pièce était entièrement tapissée de moquette beige, et des souvenirs encadrés de la carrière de Rabb parsemaient ses murs coquille d'œuf. Les meubles étaient dans les tons bruns et beiges, et l'ensemble moderne. A côté du divan, une table basse à dessus de verre supportait un assortiment de crudités et une coupe de crème aigre pour les y tremper.

— Chérie, je te présente M. Spenser, l'auteur du livre, dit Rabb. Spenser, voici ma femme, Linda.

Nous nous serrâmes la main. C'était une petite brune aux traits fins, dont le visage menu était dominé par de grands yeux très ronds et très sombres, ombragés de longs cils. Ses cheveux, resserrés sur la nuque par une pince de bois foncé, lui tombaient jusqu'au milieu du dos. Elle était vêtue d'un corsage sans manches rose saumon et d'un jean blanc, et son maquillage était tellement discret que, au premier abord, je crus qu'elle n'en avait pas du tout.

— Enchantée de faire votre connaissance, monsieur Spenser. Asseyez-vous donc sur le divan, c'est le siège le plus proche des amuse-gueule.

Elle sourit. Ses dents étaient petites et assez pointues.

— Merci, dis-je.

— Whisky ou bière, monsieur Spenser ? demanda

Rabb. J'ai une bonne bière canadienne, de la Labatt Fifty, vous en avez déjà goûté ?

— Goûté et apprécié, dis-je. Je prendrai de la bière.

— Chérie ?

— Tu sais ce que j'aimerais ? Quelque chose que nous n'avons pas bu depuis longtemps : un margarita. Nous avons de quoi préparer un margarita, Marty ?

— Oui, bien sûr. Nous avons à peu près de tout.

— Parfait, et mets beaucoup de sel sur le bord du verre, dit-elle.

Elle s'assit dans l'un des gros fauteuils qui faisaient face au divan, se débarrassa de ses sandales et glissa ses pieds sous elle.

— Parlez-moi du livre que vous écrivez, monsieur Spenser.

— Eh bien, madame Rabb...

— Linda.

— D'accord, Linda. Je suppose que l'on peut dire qu'il est dans la lignée de plusieurs ouvrages existant, qui considèrent le base-ball comme l'expression institutionnalisée de la personnalité humaine.

Elle approuva de la tête et je me demandai pourquoi. Je n'avais pas la moindre idée de ce que pouvait signifier ce que je venais de dire.

— C'est très intéressant, dit-elle.

— J'aime envisager les sports comme une sorte de métaphore de la vie humaine, limitée par des règles, déterminée par la tradition.

Maintenant que j'étais lancé, cela venait tout seul. Rabb revint avec le margarita dans un verre à cocktail et la bière dans des gobelets à reflets irisés marqués Coca-Cola. Linda Rabb me parut soulagée.

La conférence littéraire ne serait peut-être pas pour tout de suite. Rabb distribua les boissons.

— Qu'est-ce qui est déterminé par la tradition, monsieur Spenser ? s'enquit-il.

— Les sports. C'est une façon d'introduire l'ordre dans le désordre.

Rabb hocha la tête.

— Oui, c'est juste, vous avez sûrement raison, dit-il.

Lui non plus n'avait pas la moindre idée de ce que cela pouvait signifier. Il but un peu de bière et grignota des noix de cajou, dont il avait pris une poignée et qu'il enfournait par trois ou quatre dans sa bouche.

— Mais je suis ici pour parler de vous, Marty, ainsi que de Linda. Qu'est-ce que vous pensez du base-ball ?

— J'adore ça, dit Rabb.

— Marty adore ça, dit en même temps Linda, et ils éclatèrent de rire.

— J'y jouerais pour le plaisir, dit Rabb. J'y joue depuis que je sais marcher, et je veux y jouer toute ma vie.

— Pourquoi ? demandai-je.

— Je ne sais pas, répondit Rabb. Je ne me suis jamais posé la question. Je devais avoir autour de cinq ans lorsque mon père m'a offert un gant de base-ball portant la signature de Frankie Gustine. Il était trop grand pour moi, et mon père a dû m'acheter un de ces petits gants bon marché fabriqués à Formose, vous savez, ceux qu'on serre avec une paire de petits lacets ? Et moi je graissais ce sacré gant Frankie Gustine, je donnais des coups de poing dedans, je remettais encore un peu de graisse dessus, jusqu'à ce que j'ai une dizaine d'années et que je sois assez grand pour jouer avec. Je l'ai toujours, dans un coin.

— Vous pratiquez d'autres sports ? (J'avançais à l'aveuglette, mais j'y étais habitué.)

— Oh oui. En fait, quand j'étais étudiant, je jouais au basket. En cinquième année, j'ai même fait partie de l'équipe des Lakers, mais je n'ai jamais envisagé de faire autre chose que du base-ball une fois mes études terminées.

— Vous avez connu Linda à la Fac ?

— Non.

— Et vous, Linda, qu'est-ce que vous pensez du base-ball ?

— Je ne m'y étais jamais intéressé avant de connaître Marty. Je regrette que les déplacements soient aussi fréquents : chaque saison, Marty dispute environ quatre-vingt matches à l'extérieur. Mais, en dehors de cela, je n'ai rien contre. Marty adore jouer. C'est toute sa vie.

— Où vous êtes-vous connus, tous les deux ? demandai-je.

— C'est dans la notice biographique, non ? dit Rabb.

— Oui, probablement. Mais vous savez aussi bien que moi ce que valent les communiqués de presse.

— C'est juste, dit Rabb.

— Eh bien, voilà ce que nous allons faire. Nous allons regarder votre dossier de presse ensemble et tâcher de l'étoffer un peu.

Linda Rabb approuva de la tête.

— Tout est dedans, dit Rabb.

— Vous êtes né à Lafayette, Indiana, en 1944. (Rabb acquiesça.) Vous avez fait vos études à Marquette, vous avez passé votre diplôme en 1965. Vous êtes entré dans l'équipe des Sox la même année, vous avez lancé une saison à Charleston et une autre à Pawtucket. Vous êtes arrivé ici en 1968, et vous n'en avez plus bougé depuis.

— C'est à peu près tout, dit Rabb.

— Où avez-vous connu Linda ? demandai-je.

— A Chicago, répondit Rabb. Au cours d'un match contre les White Sox. Elle m'a demandé un autographe, et j'ai répondu « d'accord » à condition qu'elle dîne avec moi. Elle a accepté et voilà.

Je regardai la notice biographique.

— Cela a dû se passer en 1970 ?

— Exact.

Mon verre était vide, et Rabb se leva pour le remplir. Je remarquai que le sien était encore à moitié plein.

— Nous nous sommes mariés à Chicago six mois plus tard. (Linda Rabb sourit.) Pendant l'intersaison.

— La chose la plus intelligente que j'aie faite de ma vie, dit Rabb.

Il me tendit une nouvelle bouteille de bière. Je la versai dans mon verre, mangeai quelques cacahuètes et bus une gorgée.

— Vous êtes née à Chicago, Linda ?

— Non, à Arlington Heights, au nord-ouest de Chicago.

— Quel était votre nom de jeune fille ?

— Mais, bon sang, Spenser, s'exclama Rabb, quel intérêt cela présente-t-il pour vous ?

— Je ne sais pas, dis-je. Vous avez déjà vu fonctionner une machine à calibrer les pommes, ou les oranges, ou les œufs ? On verse tout en vrac dans la trémie, et la machine distribue chaque taille dans le trou approprié à mesure de la descente. Je suis comme cela. Je pose des questions, je mets le tout dans la trémie, et je fais le tri après.

— Mais, enfin, vous n'êtes pas en train de trier des œufs, bon sang !

— Oh, Marty, laisse-le faire son métier. Mon nom de jeune fille est Hawkins, monsieur Spenser.

— O.K., Marty, revenons à la raison pour laquelle vous adorez le base-ball. Réfléchissez-y un peu. Est-ce que ce n'est pas un jeu pour les enfants ? Parce que, en fin de compte, quelle importance cela a-t-il, qu'une équipe en batte une autre ?

Il me semblait que c'était le genre de question que poserait un écrivain, et je voulais les faire parler. Connaître les gens auxquels j'ai affaire est une partie essentielle de mon travail.

— Seigneur, je n'en sais rien, Spenser. Parce que, si on va par là, qu'est-ce qui n'est pas un jeu pour les enfants ? Ecrire des histoires, c'est une occupation d'adultes ? C'est un métier pour lequel je suis doué, qui me plaît et dont je connais les règles. On fait partie d'un groupe de vingt-cinq bonshommes qui s'efforcent tous ensemble d'atteindre un but qui les dépasse, et, à la fin de la saison, on sait si on y est parvenu ou non. Si on n'y est pas parvenu, eh bien, on recommencera l'année suivante. Et si on y est parvenu, on sait qu'on a une chance d'y parvenir encore. Un joueur de base-ball dont j'ai oublié le nom a dit autrefois que, pour jouer à ce jeu, il fallait être resté très petit garçon, mais qu'il fallait aussi être un homme.

— Roy Campanella, dis-je.

— Oui, c'est ça, Roy Campanella. De toute façon, c'est un boulot propre et agréable. On est important aux yeux d'un tas de jeunes. On a une petite chance d'influencer leur vie en étant pour eux un exemple.

Cela vaut cent fois mieux que de vendre des cigarettes ou de fabriquer du napalm. C'est mon métier, vous comprenez ?

— Et quand vous serez trop vieux pour jouer ?

— Je pourrai peut-être donner des leçons particulières. Je ferais un bon professeur de lancer. Je pourrais aussi être manager, ou entraîneur. D'une façon ou d'une autre, je continuerai à graviter autour du base-ball.

— Et si ce n'est pas possible ?

— Il me restera Linda et le petit.

— Et quand il sera grand ?

— J'aurai toujours Linda.

J'étais en train de me prendre à mon propre jeu. J'avais commencé à dérailler. J'étais intéressé. Peut-être certaines de mes questions me concernaient-elles personnellement.

— Je crois que je ferais bien de terminer ma Labatt Fifty et de rentrer chez moi, dis-je. Je vous ai fait perdre assez de temps comme cela.

— Oh non, ne partez pas tout de suite, dit Linda Rabb. Marty, apporte-lui une autre bière. Cela commence seulement à devenir intéressant.

Je secouai la tête, vidai mon verre et me levai.

— Non, merci beaucoup, Linda. Nous aurons l'occasion de nous revoir.

— Marty, insiste pour qu'il reste.

— Linda, pour l'amour du ciel, s'il veut s'en aller, laisse-le partir. Elle fait cela chaque fois que nous avons du monde, Spenser.

Ils m'accompagnèrent tous les deux jusqu'à la porte. Je les laissai côte à côte sur le seuil. Il la dominait de toute sa taille. Il avait passé son bras autour des épaules de sa femme, et elle lui prit la main. Je rentrai chez moi en taxi. J'avais entrepris de lire l'*Histoire complète du peuple américain*, d'Eliot Morison, et j'y consacrai deux heures avant de m'endormir.

6

Lorsque je m'éveillai, au matin, ma chambre était silencieuse comme un tombeau. La pièce était baignée de soleil, et le bourdonnement du climatiseur faisait ressortir l'absence de bruit. Je restai un moment couché sur le dos, les mains derrière la nuque, à réfléchir à ce qui me turlupinait au sujet de Linda Rabb.

Ce qui me turlupinait, c'était qu'elle avait prétendu tout ignorer du base-ball avant d'avoir rencontré Marty, alors qu'elle avait fait la connaissance de celui-ci à un match de base-ball, en lui demandant un autographe. Les deux faits se contredisaient. Ce n'était pas grand-chose, mais cela ne cadrait pas. C'était le seul point qui clochait. Tout le reste était parfaitement limpide. Un brave petit bourgeois américain et son épouse aimante. Pendant l'inter-saison, il devait pêcher, chasser et emmener son petit garçon faire de la luge. Aurait-il pu truquer une partie ? « C'est mon métier », avait-il dit. « Je connais les règles. » C'était un sentiment que je comprenais. Moi aussi, j'éprouvais le besoin d'obéir à certaines règles. Je ne croyais pas Rabb capable d'en enfreindre une. Il est vrai que je n'avais pas cru non plus que Nixon serait élu Président. Je me levai, fis une centaine de tractions à plat ventre, autant de rétablissements, pris une douche, m'habillai et retapai le lit.

Il y a à Portsmouth, dans le New Hampshire, un restaurant où l'on mange des galettes à la crème fouettée dont j'ai pris la recette un soir où je dînais là-bas avec Brenda Loring. Je m'en préparai pendant que la cafetière chauffait, et, pendant qu'elles doraient dans le four, je pressai et bus un demi-litre de jus d'orange. Je mangeai les galettes avec des fraises fraîches, de la crème aigre et trois tasses de café.

Il était près de dix heures du matin lorsque je sortis de chez moi et gagnai mon bureau, situé dans Stuart Street. Ce n'était pas un bureau très reluisant, mais c'était le quartier qui voulait cela. Il aurait parfaitement convenu à une clinique pour maladies vénériennes ou à une entreprise de dératisation.

Aussitôt entré, je m'empressai d'ouvrir la fenêtre. J'aurais dû me souvenir de ne jamais faire de tractions les jours où je devais ouvrir cette fenêtre. Je suspendis mon blazer bleu à un cintre, m'assis à mon bureau, sortis mon annuaire administratif et m'emparai du téléphone. A une heure et demie, j'avais vérifié à peu près tous les points de la biographie de Marty Rabb. La mairie de Lafayette, Indiana, m'avait affirmé que Marty Rabb avait bien vécu dans cette ville et que ses parents y habitaient toujours. L'administration du collège de Marquette avait confirmé qu'il y avait fait ses études et obtenu son diplôme en 1965. Je téléphonai à un flic de Providence que je connaissais et lui demandai si la police avait eu affaire à Rabb durant son séjour à Pawtucket. Il me rappela quarante minutes plus tard pour me dire que non. Il me promit qu'il ne dirait à personne que je l'avais interrogé, et je le crus à moitié. Jusqu'à preuve du contraire, on pouvait lui faire confiance.

Linda Rabb me posa davantage de problèmes. Le bureau de l'état civil de Chicago n'avait aucune trace de son mariage avec Rabb. A sa connaissance, Marty Rabb n'avait pas épousé Linda Hawkins ni qui que ce soit d'autre à Chicago au cours de l'année 1970 ni d'aucune autre année. Peut-être avaient-ils été mariés par un juge de paix de banlieue ? J'appelai Arlington Heights et obtins le secrétaire de mairie en personne au bout du fil. Pas de mention de mariage. Le nom de Linda Hawkins, ou de Linda Rabb, figurait-il quelque part ? Nulle part, pas d'extrait de naissance ni de fiche d'état civil. Si je voulais attendre une minute, il consulterait le service des véhicules à moteur. J'attendis. La minute en dura près de dix. Un air chaud et moite montait de Stuart Street. Mon polo imprégné de sueur me collait à la peau. Je consultai ma montre : 3 h 15. Je n'avais pas encore déjeuné. Je humai la brise chaude. Quand le vent soufflait du bon côté, je pouvais repérer l'odeur du ragoût à la sauce piquante de la gargote de Jake Wirth, sur le trottoir d'en face. Le vent ne soufflait pas du bon côté. Tout ce que je sentais, c'était les échappements mal réglés des bagnoles.

Le secrétaire de mairie d'Arlington Heights revint en ligne.

— Vous êtes toujours là ?

— Toujours.

— Pas de permis de conduire, pas de carte grise. Il y a quatre Hawkins dans l'annuaire de la commune, mais pas de Linda. Vous voulez leurs numéros ?

— Oui, ainsi que celui de l'administration de l'école, si vous l'avez.

— D'accord, une minute, je vais regarder.

Il regarda et me communiqua le numéro. Je l'appelai. Pas trace de Linda Rabb ni de Linda Hawkins. Huit enfants portant le nom de Hawkins avaient fréquenté l'école depuis 1960. Six d'entre eux étaient des garçons. Les deux autres s'appelaient Doris et Olive.

Je raccrochai. Une personne vraiment complaisante.

Je téléphonai au premier des Hawkins d'Arlington Heights. Pas de Linda. Et pas davantage chez les deux suivants. Le quatrième numéro ne répondit pas. Mais, à moins qu'il ne se révèle être le bon quand je finirais par l'obtenir, j'allais commencer à me poser des questions au sujet de cette brave Linda. Je regardai ma montre : 4 h 30. Trois heures et demie en Illinois. Je n'avais rien avalé depuis le petit déjeuner. Je descendis chez Jake Wirth, mangeai une portion de ragoût à la sauce piquante, bus un demi de bière brune, rentrai au bureau à 5 h 45 et rappelai le quatrième Hawkins. La femme qui me répondit n'avait jamais entendu parler de Linda Hawkins.

Je fis pivoter mon fauteuil, posai les pieds sur l'appui de la fenêtre et regardai le dernier étage de l'atelier de confection d'en face. Il n'y avait plus personne. Toutes les ouvrières étaient rentrées chez elles. Il peut y avoir un tas de raisons pour que l'on ne retrouve pas rapidement la trace d'une personne dont on recherche les tenants et aboutissants. Mais la plupart de ces raisons relèvent de la supercherie, et presque toutes les supercheries viennent de ce que l'on a quelque chose à cacher. Deux pigeons vinrent se poser sur la corniche de l'atelier et me regardèrent les regarder. Je consultai ma montre : 6 h 10. Le début d'une soirée d'été. C'était l'heure où commençaient les matches de soft-ball en nocturne. Les jeunes sortaient traîner au coin de la rue jusqu'à la tombée de la nuit. Les hommes arrosaient leur pelouse sous l'œil vigilant de leur épouse qui tricotait dans un transat. Et moi, je regardais deux pigeons.

Linda Rabb n'était pas ce qu'elle prétendait être, et cela me tracassait, tout comme cela me tracassait qu'elle ait fait la connaissance de Rabb à un match de base-ball alors qu'elle ne s'intéressait pas au base-ball avant son mariage. Des détails, mais qui clochaient. Les bruits de la circulation s'estompaient. Il fallait que je sache à quoi m'en tenir sur le compte de Linda Rabb. Ce soir-là, les Sox jouaient en nocturne, ce qui signifiait que Rabb ne serait pas chez lui. Mais Linda Rabb serait probablement là, à cause du gosse. Je téléphonai. Elle était là.

— Je me demandais si je pourrais passer vous voir pendant quelques minutes, dis-je. Je voudrais seulement connaître le point de vue de la femme sur le base-ball. Vous savez, ce que l'on ressent quand on reste à la maison pendant que la partie se déroule, ce genre de chose.

Je ferais vraiment un piètre écrivain. Connaître le point de vue de la femme ! Minable. J'aurais probablement dû préciser « de la femme au foyer ».

— Très volontiers, monsieur Spenser. Je suis en train de baigner le petit. Si vous voulez venir d'ici une heure, à peu près, vous me trouverez en train de suivre le match à la télévision, mais cela ne nous empêchera pas de bavarder.

Je la remerciai et raccrochai. Je contemplai encore un instant la corniche de l'atelier de confection. La porte de mon bureau s'ouvrit derrière mon dos. Je fis pivoter mon fauteuil. Un petit gros en chemise hawaïenne, coiffé d'un panama, entra en laissant la porte ouverte. Sa chemise retombait par-dessus un pantalon de jersey marron. Il portait des lunettes de soleil à monture noire enveloppante et fumait un cigare. Il inspecta la pièce sans dire un mot. Je posai mes pieds sur mon bureau et le regardai. Il fit un pas de côté, et un second homme franchit la porte et vint s'asseoir en face de moi. Celui-ci portait un complet havane, une chemise brun foncé et une large cravate à rayures rouges sur fond moucheté de brun, de blanc et de jaune. Ses mocassins marron étincelaient, ses mains étaient manucurées, et il avait le visage bronzé. Ses cheveux argentés, coiffés par un artiste capillaire, bouclaient sur sa nuque et formaient un cran sur son front. Malgré ses cheveux gris, il avait une figure jeune, sans rides. Je le connaissais. Il s'appelait Frank Doerr.

— Je voudrais vous parler, Spenser.

— Nom d'un chien ! dis-je. Vous avez entendu parler de mes galettes à la crème fouettée, et vous espérez que je vais vous en donner la recette.

Le gros homme au panama avait refermé la porte derrière Doerr et s'y était adossé, les bras croisés. Akim Tamiroff.

— Vous savez qui je suis, Spenser ? demanda Doerr.

— Vous n'êtes pas le Petit Chaperon Rouge ?

— Je m'appelle Doerr. Je veux savoir ce que vous manigancez avec les Red Sox.

Un maître de la dissimulation, l'homme aux cent masques.

— Les Red Sox ? dis-je.

— Les Red Sox, dit-il.

— Ça alors ! Je n'aurais jamais cru que cela transpirerait aussi vite. Comment l'avez-vous appris ?

— Peu importe comment je l'ai appris, il me faut une réponse.

— Oui, bien sûr, monsieur Doerr. Vous ne croyez pas que vous êtes un peu vieux pour porter des socquettes ?

— Ne m'énervez pas, Spenser. J'ai l'habitude d'obtenir ce que je veux.

— Ah bon, d'accord, chacun est libre de s'habiller comme il veut, monsieur Doerr.

— Wally, dit Doerr sans se retourner. (Et le gros homme qui gardait la porte sortit un pistolet de sous sa chemise.) Maintenant, Spenser, assez déconné. Je ne vais pas passer toute ma soirée dans ce trou de cafard.

« Trou de cafard » me parut un peu inamical, mais je me dis que le pistolet de Wally n'était pas très amical non plus.

— Entendu, dis-je, pas la peine de se fâcher. J'ai remporté les éliminatoires locales du concours des sosies de Leon Culberson, et les Sox voulaient me proposer d'être leur candidat en titre pour la finale.

Doerr et Wally me regardèrent. Le silence menaçait de s'éterniser.

— Vous ne trouvez pas que je ressemble à Leon Culberson ? demandai-je.

Doerr se pencha en avant.

— Je me suis un peu renseigné sur votre compte, Spenser. Il paraît que vous vous prenez pour un type vachement marrant. Moi, je vous trouve con comme la lune. J'estime que vous n'êtes qu'un misérable cafard dans un trou de cafard, et je crois que vous avez besoin qu'on vous apprenne les bonnes manières.

L'immeuble était silencieux, les bruits de la rue ouverte se raréfiaient, et le pistolet que Wally braquait sur moi ne déviait pas d'une ligne. Wally se suça une dent creuse. Mon estomac se crispa un peu.

— Vous glandez au stade Fenway, vous tourniquez autour de la cabine de radiodiffusion, vous parlez aux gens, vous vous faites passer pour un écrivain, et vous ne révélez à personne que vous n'êtes qu'un fouille-merde, un petit privé de rien du tout. Je veux savoir, et je veux le savoir tout de suite, sinon Wally vous fera souhaiter n'être jamais né.

Je retirai mes pieds du bureau, lentement, et les posai par terre. J'appuyai mes deux mains sur le bureau, lentement, et me levai.

— Mon petit Frank, dis-je une fois debout, vous êtes un joueur professionnel, et je vous propose un pari. Je vous en propose même deux. Le premier, c'est que vous ne tirerez pas, parce que vous voulez savoir ce qui se passe et ce que je cherche, et qu'on n'a pas intérêt à descendre quelqu'un sans être sûr de la raison pour laquelle on le descend. Mon second pari, c'est que si votre boudin apprivoisé essaye de me tarabuster, je suis capable de lui piquer son feu et de lui curer les dents avec. A vous de jouer, mon joli.

A voir la réaction de Wally, j'aurais aussi bien pu parler de l'Aga Khan. Il ne bougea pas. Le pistolet non plus. Le visage bronzé aux ultraviolets de Doerr me parut avoir blêmi. Les plis qui reliaient ses narines aux coins de sa bouche s'étaient creusés, et sa paupière droite tressautait. Mon estomac resta crispé.

Nouveau silence. Si je n'avais pas été aussi coriace, j'aurais pu croire que j'avais peur. Le pistolet de Wally était un Walther P.38. Neuf millimètres. Sept balles dans le chargeur. Un bel outil, bien en main, correctement équilibré. Wally semblait satisfait du sien. En bas, dans Stuart Street, quelqu'un joua *tagada-tsoin-tsoin* au klaxon et des freins grincèrent.

Brusquement, Doerr se leva, pivota sur ses talons

et sortit. Wally rangea son pistolet, suivit son patron et referma la porte. J'aspirai par les narines la plus grande partie de l'air que renfermait la pièce et le rejetai très lentement. J'avais des fourmis dans les doigts. Je me rassis, ouvris le tiroir du bas de mon bureau, en tirai une bouteille de bourbon et bus au goulot. Cela me fit tousser. J'avais tort de m'entêter à acheter la cuvée maison au libre-service Vito.

Je regardai la pièce vide. Un classeur vert, trois estampes de Vermeer que Susan Silverman m'avait offertes pour Noël, le fauteuil dans lequel s'était assis Doerr. Un bureau modeste, d'accord, mais de là à le traiter de « trou de cafard »...

7

Pour rendre visite à Linda Rabb, je me munis d'un Polaroïd.

— Je dois songer aux illustrations, expliquai-je à la jeune femme. Il se peut que l'éditeur décide de publier une édition de luxe, voire un in-folio.

Elle était en blue-jean, pieds nus, maquillée de frais, avec un ruban dans les cheveux. Dans le living-room, un poste de télévision en couleurs à grand écran diffusait le match de base-ball, commenté par la voix traînante de Buck Maynard.

Je photographiai Linda et le living-room sous différents angles.

— Dites-moi, Linda, vous êtes inquiète, quand vous regardez Marty lancer ? (Je m'allongeai sur la moquette pour prendre un cliché original, à travers le dessus de verre de la table basse.)

— Non, plus maintenant. Il est tellement fort, vous savez... au point que je suis tout étonnée quand il se fait battre. Mais je ne m'inquiète pas.

— Il rapporte ses soucis à la maison, ou il les laisse au vestiaire ?

— Quand il a perdu ? Il les laisse là-bas. Si on n'a pas suivi la partie à la télé, il est impossible de savoir, quand il rentre, s'il a gagné ou perdu. Il n'en parle jamais. C'est tout juste si le petit sait ce que fait son père.

Je posai les cinq photos en couleur sur la table de verre, devant Linda Rabb.

— Laquelle préférez-vous? demandai-je. Ce ne sont que des suggestions. Si l'éditeur jette son dévolu sur le grand format illustré, nous ferons appel à un professionnel.

Elle prit la dernière photo de gauche et l'examina à la lumière.

— Celle-ci me paraît intéressante. (Elle l'était, c'était celle que j'avais prise au niveau du sol.)

— Oui, elle n'est pas mauvaise. Moi aussi, elle me plaît bien. (Je lui repris la photo et la glissai dans une enveloppe.) Qu'est-ce que vous pensez des autres?

Elle les regarda tour à tour.

— Elles sont bonnes, mais c'est celle que je vous ai remise en premier que je préfère.

— Parfait. Nous avons les mêmes goûts.

Je rangeai les quatre autres clichés dans une seconde enveloppe. Bucky Maynard et Doc Wilson échangeaient des commentaires enthousiastes sur la partie en cours. Je me levai.

— Merci, Linda. Je m'excuse d'avoir débarqué chez vous comme cela, à l'improviste.

— Il n'y a pas de quoi, cela m'a fait plaisir. Seulement je ne sais pas si Marty serait d'accord pour que vous publiiez des photos de moi ou du petit. Il n'aime pas mélanger sa famille et son métier. Nous tenons beaucoup à notre intimité, vous savez. Ça ne plairait peut-être pas à Marty que vous preniez des photos de nous.

— Je comprends très bien, Linda. Ne vous inquiétez pas. Il y a un tas d'autres joueurs dans l'équipe, et, au cas où nous déciderions d'inclure des illustrations, nous pourrions toujours nous adresser à certains d'entre eux, si Marty faisait des objections.

En me raccompagnant, elle me serra la main. La sienne était sèche et froide.

Dehors, la nuit était tombée et il y avait peu de circulation. Je remontai Massachusetts Avenue en direction du fleuve et traversai l'esplanade avant d'arriver à Boylston Street, pour regarder les melons d'Espagne exposés à la devanture d'un magasin de comestibles de luxe. Un vague relent d'eau croupie venu du fleuve, et le souvenir des forêts et des champs que la ville avait remplacés, se mêlaient à l'odeur des victuailles et à celle des voitures. Je tournai à droite dans Marlborough Street et rentrai tranquillement chez moi. Le parfum des arbustes et des buissons fleuris plantés devant les immeubles de pierre et de brique intensifiait les effluves du fleuve.

Lorsque j'atteignis mon domicile, il était neuf heures et quart. J'appelai le bureau du District Attorney du canton, au cas où il y aurait encore quelqu'un à cette heure tardive. Il y avait quelqu'un, probablement un assistant du D.A., en train de rédiger une demande de prêt pour pouvoir s'établir à son compte et se lancer dans la clientèle privée.

— Le lieutenant Healy est-il dans les parages ? demandai-je.

— Non, il est provisoirement détaché à Commonwealth, où il restera probablement deux mois. Je peux faire quelque chose pour vous ?

Je répondis non et raccrochai.

Je téléphonai au Central de la police de Boston, situé au 1010 Commonwealth Avenue. Healy n'était pas là. Rappelez dans la matinée. Je raccrochai et allumai la télé. Boston avait deux circuits d'avance sur Kansas City. Je débouchai une canette de bière

Amstel, m'allongeai sur le divan et regardai le match de base-ball. J'eus le temps de boire trois autres canettes d'Amstel avant que Boston ne gagne la partie au onzième tour de batte. Pendant le journal télévisé, je me préparai un sandwich wesphalien au pain de seigle, le mangeai et vidai une dernière canette d'Amstel. Un homme a besoin de se sustenter avant de se mettre au lit. Cela aurait pu me faire faire de beaux rêves. Ce ne fut pas le cas.

Le lendemain matin, je me rendis en voiture au 1010 Commonwealth Avenue. Healy était dans son bureau, en bras de chemise, les manches retroussées, mais avec une étroite cravate de tricot noir soigneusement nouée autour d'un col blanc immaculé. C'était un homme de taille moyenne, mince, aux cheveux gris coupés en brosse et aux yeux bleus aussi clairs que ceux de Paul Newman. On aurait pu le prendre pour un boutiquier prospère, le patron d'une petite chemiserie. Cinq ans auparavant, il était entré sans arme dans une confiserie et avait libéré les deux otages d'un drogué en plein délire, armé d'un fusil de chasse. Il n'y avait eu qu'un seul blessé : le drogué.

— Qu'est-ce que vous voulez, Spenser? me demanda-t-il.

Il m'avait toujours eu à la bonne.

— J'ai quelques numéros de la *Gazette de la Police* à vendre, dis-je, et j'ai pensé que vous aimeriez peut-être vous tenir au courant des activités professionnelles de vos collègues.

— Trêve de plaisanteries oiseuses, Spenser. Qu'est-ce que vous voulez?

Je tirai de ma poche l'enveloppe contenant la photo Polaroïd de la table de verre de Marty Rabb.

— Il y a là-dedans une photographie portant deux

séries d'empreintes digitales. Les premières sont les miennes. Je voudrais savoir à qui appartiennent les secondes. Vous pouvez vous renseigner pour moi auprès du F.B.I. ?

— Pourquoi ?

— Si je vous disais que je vais me marier et que je veux savoir à quoi m'en tenir sur ma future, vous me croiriez ?

— Non.

— C'est bien ce que je pensais. Bon. C'est confidentiel. Je préfère ne pas vous en parler si je peux l'éviter. Mais il faut que je sache, et je vous dirai pourquoi si vous insistez.

— Où achetez-vous vos vêtements, Spenser ?

— Ah ah, tentative de corruption. Vous voudriez connaître le nom de mon tailleur parce que vous me considérez comme l'arbitre des élégances.

— Vous êtes fagoté comme un foutu hippie. Vous ne possédez donc pas de cravate ?

— Si, une. Pour pouvoir dîner dans la grande salle à manger du Ritz.

— Donnez-moi cette photo, dit Healy. Je vous ferai savoir ce que nous aurons trouvé.

Je lui remis l'enveloppe.

— Demandez à vos sous-fifres d'essayer de ne pas trop la tartiner de confiture et de miettes de biscuits, si c'est possible.

Healy ne daigna pas me répondre. Je m'en allai. En sortant, je me regardai dans les portes-miroirs. Je portais un veston de sport à ramages rouge et noir, un polo noir, un pantalon noir et des mocassins noirs bien cirés, en cuir gaufré, avec des boucles dorées. Hippie ? Pour Healy, on était vêtu de façon provocante quand on avait des poignets mousquetaires. Je mis mes lunettes de soleil, montai dans ma voiture et descendis Commonwealth Avenue en direction de Kenmore Square. La capote était baissée et les sièges brûlants. Pas une seule fille ne se retourna sur mon passage.

8

J'allai à Fenway et regardai les Sox se préparer avant le match de l'après-midi. Je bavardai pendant une demi-heure avec Holly West et pendant une autre demi-heure avec Alex Montoya, histoire d'accréditer mon personnage d'écrivain soucieux de se documenter, mais en me demandant combien de temps celui-ci tiendrait le choc. Si Doerr savait que je fréquentais le stade, c'était probablement parce qu'il y avait au stade quelqu'un qui savait que je n'étais pas un homme de lettres. Et cela prouvait également qu'il existait une connexion entre Doerr et les Sox, connexion que Doerr tenait à préserver. Il avait commis une erreur en venant me voir, mais c'était le genre d'erreur que commettent invariablement les types comme Doerr. Ils ont tellement l'habitude que tout le monde leur dise « oui » qu'ils finissent par oublier qu'il peut arriver que quelqu'un leur dise « non ». C'est le sort des gens très puissants. Ils se croient omnipotents, et ils font des gaffes. Doerr avait été si surpris que je les envoie promener, Wally et lui, qu'il n'avait plus su quoi faire, et il était parti se promener. Mais la mèche était maintenant éventée. J'avais l'intuition que j'entendrais encore parler de Doerr. Ce n'était pas une intuition agréable.

J'étais appuyé contre la balustrade des loges, près de la casemate des Sox, en train de regarder des joueurs s'entraîner à la batte, lorsque Billy Carter s'approcha de moi.

— Hé, Spenser, ça vous dirait de renvoyer quelques balles ?

Cela me tentait, mais je ne pouvais pas retirer mon veston sans exhiber mon pistolet. Et je ne voulais pas manier la batte en veston. J'avais besoin de tous mes moyens. Je secouai la tête.

— Pourquoi pas ? dit Carter. Sully s'entraîne justement à lober.

— J'ai promis à ma maman que je ne jouerais plus jamais au base-ball le jour où j'ai commencé le violon.

— Le violon ? Vous rigolez ? Je ne vous vois pas jouant du violon. Combien pesez-vous ?

— Pas loin de quatre-vingt-dix kilos.

— Sans blague ? Vous faites du sport ?

— Un peu de poids. Un peu de course à pied.

— Je savais bien que vous étiez un sportif. Ce n'est pas en jouant du violon que vous avez attrapé ce tour de cou. Combien arrachez-vous ?

— Cent quinze kilos.

— Combien de fois ?

— Quinze.

— Mon vieux, il va falloir qu'on organise une partie de bras de fer entre vous et Holly. Ce serait marrant que vous gagniez. Holly en ferait une jaunisse, s'il se faisait battre au bras de fer par un gratte-papier.

— Qui est-ce qui lance, aujourd'hui ? demandai-je.

— Marty, répondit Carter. Qui est-ce qui vous a cassé le nez ?

— Un tas de types. J'ai fait un peu de boxe, autrefois. Les balles de Marty sont faciles à arrêter ?

— Du gâteau, dit Carter. Vous vous collez derrière le batteur, vous tendez votre gant, et Marty vous met la balle en plein dedans. C'est du tout cuit. Vous faites un signe, Marty hoche la tête, et la balle vous arrive droit dessus. Jamais il ne vous prend à contre-pied. Oh oh, voilà la voix du Sud qui s'amène, ce cher pisse-vitriol.

Bucky Maynard venait de sortir de sous les gradins et se tenait derrière le cadre de batte. Il était accompagné de Lester, vêtu d'une époustouflante veste de chasse en peau de daim et coiffé d'un chapeau de cow-boy noir, au ruban orné de grosses coquilles d'argent. Maynard avait troqué sa chemise à carreaux rouges contre une chemisette blanche décorée de fougères vertes, d'où émergeaient des bras rosis par les coups de soleil. Il devait être de ces gens qui ne brunissent pas.

— Vous ne semblez pas porter Maynard dans votre cœur, dis-je.

— Moi ? J'idolâtre chaque gramme de sa plantureuse et capiteuse petite personne.

— Vous permettez que je vous cite ? demandai-je pour voir comment Carter réagirait.

— Grands dieux non ! Si Gros-Lard s'en prend à vous, vous êtes bon pour la soupe populaire de l'Armée du Salut. Sans blague, Spenser, j'ai l'impression qu'il est plus influent ici que Farrell.

— A quoi est-ce dû ?

— Je l'ignore. Il faut dire que ces connards de fans l'adorent. Ils s'imaginent qu'il leur donne la primeur de nouvelles sensationnelles, des tuyaux exclusifs sur les vedettes des grandes équipes, des trucs qu'on ne trouve dans aucun journal.

— Et c'est vrai ?

— Non, pas vraiment. Il est seulement méchant. Quand il entend un ragot quelconque, il s'empresse de le colporter. Ces couillons de pedzouilles gobent tout. « Bucky dit les choses comme elles sont. » Mon cul.

— Quel est le véritable rôle du guignol qu'il traîne derrière lui ?

— Lester ?

— Oui.

Carter haussa les épaules.

— Je n'en sais rien. Il conduit la voiture de Bucky. Il lui sert de garde du corps. C'est un champion de karaté, ou de quelque chose dans ce goût-là.

— De tae kwon do. C'est le karaté coréen.

— Bon, peu importe. Je ne me frotterais pas à lui, de toute façon. C'est sûrement un teigneux. Il paraît qu'il a salement arrangé un type à Anaheim. Ce type cassait les pieds à Maynard au bar de l'hôtel du coin, et cette ordure de Lester a bien failli le tuer. Allez, faut que j'aille taper sur quelques balles. On se reverra tout à l'heure.

Carter se dirigea vers la cage, le filet placé derrière la base de départ pour arrêter les balles que Clyde Sullivan, le professeur de lancer, expédiait aux joueurs qui s'entraînaient au maniement de la batte. Maynard sortit du petit champ et se dirigea lentement vers moi, mollement suivi par Lester.

— Comment allez-vous, monsieur Spenser ? me demanda Maynard.

— Très bien. Et vous-même ?

— Oh, pas trop mal pour un vieux monsieur. Ce Carter est vraiment tordant hein ?

J'acquiesçai.

— Dommage que son bras ne vaille pas sa langue,

dit Maynard. Il n'est pas fichu de lancer une balle à plus de trois mètres.

— Comment se débrouille-t-il à la batte ?

Maynard sourit. Sans desserrer les lèvres, si bien qu'on ne vît pas ses dents et que son sourire se réduisît à une ligne courbe dans son visage rougeaud, totalement dépourvu de chaleur et de gaieté.

— Bien quand la balle arrive tout droit, répondit-il. L'ennui, c'est que la balle n'arrive jamais tout droit.

— Un gentil garçon, en tout cas.

Lester avait appuyé ses deux coudes sur la balustrade et posé l'un de ses pieds bottés contre le muret, l'autre reposant à plat sur le sol. Gary Cooper. Il expédia un jet de salive brune en direction du cadre de batte, et je me rendis compte qu'il chiquait. Quand il incarnait un personnage, il ne lésinait pas sur les détails.

— Peut-être, dit Maynard, mais je n'attacherais pas trop de crédit à ce qu'il raconte. Il aime bien faire marcher sa langue.

— Comme tout le monde, dis-je. Les écrivains et les commentateurs sont même payés pour cela.

— Je suis payé pour relater des faits exacts, alors que Carter à tendance à affabuler. Il y a une nuance.

Maynard me regardait fixement, et j'eus le sentiment que nous parlions de choses sérieuses. Lester cracha une nouvelle giclée de jus de tabac.

— Cela ne me dérange pas, dis-je. Pour le moment, je me contente d'écouter et de réfléchir. Je ne porte encore aucun jugement.

— Sur quoi pourriez-vous porter des jugements, Spenser ?

— Sur ce qui mérite d'être conservé et ce qui doit être éliminé, sur ce qui paraît être la vérité et ce qui n'est que de l'attrape-nigaud. Pourquoi me posez-vous cette question ?

— Par simple curiosité. J'aime bien savoir à qui j'ai affaire, et c'est très révélateur d'observer la façon dont les gens s'acquittent de leur travail. Je ne faisais que me renseigner sur la façon dont vous faites le vôtre.

— D'accord, dis-je. Je verrai d'ici peu comment vous faites le vôtre. (Des allusions voilées, c'est comme ça qu'il faut s'y prendre, Spenser. Tout en subtilité.)

— Tant que vous n'intervenez pas, je suis à votre disposition. Chez quel éditeur m'avez-vous dit que vous étiez publié ?

— Subsidy Press, à New York.

Maynard regarda sa montre. C'était une de ces montres où il faut appuyer sur un bouton pour que l'heure apparaisse en chiffres.

— Bon, il est temps que le vieux Buckaroo monte à la cabine. Content d'avoir bavardé avec vous, Spenser.

Il partit en se dandinant, les pieds écartés, tournés vers l'extérieur. Lester se mit en branle et le suivit d'un pas indolent, ses yeux vigilants guettant les voleurs de bétail sous le bord de son chapeau. Ce jour-là, il se prenait pour Shane. Le lendemain, il serait peut-être d'Artagnan.

Je me serais bien passé de ce petit assaut aux fleurets mouchetés. Il était près d'une heure. Je me rendis au vestiaire et utilisai le téléphone du bureau de Farrell pour appeler Brenda Loring à son travail.

— Ma chère amie, dis-je, j'ai une proposition à te faire.

— Je sais, dit-elle. Tu me la fais chaque fois qu'on se voit.

— Pas cette proposition-là, dis-je, une autre, ce qui ne veut pas dire que celle ci-dessus mentionnée doive pour autant être considérée comme nulle et non avenue.

— Pardon ?

— Je n'ai rien compris non plus, dis-je. Ecoute, voilà ce que je te propose. Si tu peux prendre ton après-midi, je t'emmène au base-ball, je te paye des cacahuètes et des pochettes surprises, et on passe un bon moment.

— Tu m'invites à dîner après le match ?

— Certainement, et ensuite on pourrait aller se bécoter dans un cinéma permanent.

— Super, dit-elle. J'en ai des palpitations. Je te retrouve au stade ?

— Oui, devant la porte de Jersey Street. Tu me repéreras facilement, je serai entouré d'un essaim de jolies filles me suppliant d'apposer ma signature sur leur soutien-gorge.

— J'arrive, dit-elle.

9

Lorsque Brenda Loring descendit de l'un des taxis marron et blanc de Boston, j'étais en train de me débarrasser d'un vieux bonhomme en chemise militaire et cravate à fleurs, qui avait la prétention de me soutirer quinze *cents*.

— Tu lui as signé son soutien-gorge, mon trésor ? me demanda-t-elle.

— Les minettes étaient là, répondis-je, mais je les ai prévenues que tu étais jalouse comme une tigresse, et elles m'ont faussé compagnie à ton arrivée.

— Faussé compagnie ? Une expression bien précieuse pour une brute professionnelle.

— Il faut que je t'explique. Par ici, je suis sensé écrire un bouquin. Personne ne sait que je suis détective privé. Pas de gaffe, surtout.

— Ecrivain, toi ?

— Parfaitement. Tout le monde croit que je prépare un ouvrage sur les Red Sox et le base-ball.

— L'homme auquel tu parlais quand je suis arrivée, c'était ton agent littéraire ?

— Non, un lecteur.

Elle secoua la tête. Elle avait des cheveux blonds coupés à la garçonne, des yeux verts, un maquillage subtil, une robe verte à jupe courte et à manches longues imprimée de petites fleurs, un teint très bronzé et un médaillon d'or au bout d'une chaînette, qui brillait sur sa poitrine à l'endroit où le décolleté de sa robe formait un « v ». Sur le trottoir d'en face, un marchand de souvenirs la dévorait des yeux. Moi aussi, je la dévorais des yeux. Je la dévorais toujours des yeux. Avec cinq kilos de plus, elle aurait été potelée.

— Voluptueuse, dis-je.

— Pardon ?

— C'est ainsi que nous te définirions, nous autres écrivains. Voluptueuse avec un aguichant soupçon de perversité dans le pétillement des yeux et le modelé de la bouche.

— Spenser, j'ai envie d'un hot dog, d'un verre de bière, d'un sac de cacahouètes et d'une partie de base-ball. Pourrais-tu s'il te plaît, sans te commander, je t'en prie, je t'en supplie humblement, laisser tomber ton charabia littéraire et me conduire au stade ?

Je hochai la tête.

— Les écrivains sont des incompris, soupirai-je, et nous entrâmes.

Histoire de me faire mousser aux yeux de Brenda, je l'emmenai assister au match du haut de la cabine de radiodiffusion. Ma présence ne parut pas aiguillonner les Red Sox, qui se firent battre 5-2 par Kansas City. Maynard nous dédaigna, Wilson examina attentivement Brenda entre deux tours de batte, et Lester passa tout l'après-midi à potasser le *National Enquirer*. D'un air méditatif.

Il était 4 h 10 lorsque nous nous retrouvâmes sur le trottoir de Jersey Street.

— Qui était le joli cœur en costume de cow-boy ? s'enquit Brenda.

— Ne t'occupe pas de ce type, dis-je. Je suppose que tu ne vas pas te contenter des deux hot dogs que je t'ai payés ?

— Comme dîner ? Pas question, je préfère attendre le cow-boy.

— Où aimerais-tu aller ? Il est encore trop tôt, mais on pourrait prendre un verre quelque part.

Nous décidâmes d'aller nous abreuver à la terrasse du café en plein air, devant l'hôtel de ville. Je bus un demi pression et Brenda un cocktail à la crème de menthe, sous l'un des parasols bariolés qui parsèment la nouvelle piazza carrelée dont les fontaines et les arcades ont remplacé les miasmes de Scollay Square, ses kermesses, ses machines à sous, ses officines de tatoueurs, ses poivrots, ses marins en goguette et ses cabarets, qui correspondaient à l'idée que les adolescents se faisaient de Sodome et Gomorrhe.

— Tu sais, cela n'a jamais été vraiment Sodome et Gomorrhe.

— De quoi parles-tu ?

— De Scollay Square. C'était de la débauche d'avant la guerre du Viêt-nam. Des boîtes de strip-tease et des cabarets où des blondes oxygénées dansaient en cache-sexe et bas de résille. Des sex-shops vendant des poupées gonflables et des aphrodisiaques.

— Je n'y suis jamais allée, dit-elle. Ma mère m'avait persuadée qu'il suffisait de mettre le pied dans Scollay Square pour se faire violer.

— Penses-tu. Il y avait dix gamines en socquettes pour chaque vieux satyre. Comparé à Saigon, Scollay Square était le jardin d'enfants du pince-fesses.

Je fis renouveler les consommations. Les tables avaient des plateaux en verre, et le café était tapissé de gazon artificiel. La serveuse était empressée. Brenda Loring avait les ongles laqués de rouge. Le crépuscule était encore loin.

Brenda alla aux toilettes, et j'en profitai pour téléphoner à mon service d'abonnés absents. Il y avait un message me demandant de rappeler Healy ; il serait à son bureau jusqu'à six heures. Je regardai ma montre : 5 h 40. Je l'appelai.

— Spenser à l'appareil. Vous avez quelque chose pour moi ?

— Les empreintes appartiennent à Donna Burlington. (Il m'épela le nom.) Arrêtée à Redford, Illinois, pour détention de substance prohibée. C'est à ce moment-là que ses empreintes ont été répertoriées au fichier central. Pas d'autre arrestation signalée.

— Je vous remercie, lieutenant.

— Vous le pouvez, rétorqua Healy, toujours chaleureux, et il raccrocha.

J'étais de retour à notre table avant Brenda.

A sept heures et quart, nous remontâmes Tremont Street jusqu'à un restaurant français de la vieille ville, où nous dégustâmes une selle d'agneau pour deux accompagnée d'une bouteille de Traminer bien frappé, et des tartes aux fraises comme dessert. Il était près de neuf heures et demie lorsque nous regagnâmes Tremont Street par School Street. La nuit était tombée, mais il faisait encore chaud, une douce soirée d'été, et Commonwealth Avenue nous parut très calme lorsque nous la traversâmes. Nous marchions la main dans la main, et nous fîmes tout le chemin jusqu'à Marlborough Street sans que personne n'essaie de nous agresser.

— Tu veux boire un cognac, demandai-je à

Brenda en arrivant chez moi, ou tu préfères commencer tout de suite les galipettes ?

— Pour te dire la vérité, mon chou, j'ai surtout envie de prendre une douche.

— Une douche ?

— Tout juste. Sers-nous deux cognacs bien tassés et mets-toi au lit, j'en ai pour quelques minutes.

— Une douche ?

— Allez va, dit-elle. Ce ne sera pas long.

Je me rendis à la cuisine et sortis une bouteille de Rémy Martin du placard. David Niven rangeait-il son cognac dans la cuisine ? Peu probable. Je pris deux verres à dégustation, les remplis à moitié et retournai dans la chambre à coucher. J'entendis couler la douche. Je posai les verres sur la commode et me déshabillai. La douche coulait toujours. Je m'approchai de la porte de la salle de bains. Mes pieds nus ne faisaient aucun bruit sur la moquette. Je tournai le bouton et poussai la porte. La pièce était pleine de buée. Les vêtements de Brenda étaient empilés sous le lavabo. Je remarquai que ses dessous étaient assortis à sa robe. La classe. Des nuages de vapeur s'élevaient au-dessus du rideau de douche. J'écartai légèrement celui-ci et jetai un coup d'œil. Brenda avait les yeux fermés, la tête renversée en arrière, et l'eau ruisselait sur son corps bronzé où tranchait la blancheur des fesses. Elle fredonnait une vieille chanson de Billy Eckstine. Je me glissai derrière elle et l'entourai de mes bras.

— Bon sang, Spenser, dit-elle, qu'est-ce qui te prend ?

— La propreté est sœur de la piété, dis-je. Tu veux que je te lave le dos ?

Elle me tendit le savon et je lui frottai le dos avec. Lorsqu'il fut couvert de mousse, elle se retourna pour le rincer, et sa poitrine, quand elle me fit face, avait la même blancheur suggestive que son postérieur.

— Tu veux que je te lave le devant ? proposai-je.

Elle éclata de rire et me prit dans ses bras. L'eau rendait son corps luisant. Je l'embrassai. Un premier baiser est excitant, mais celui que l'on donne à une femme que l'on a déjà souvent embrassée possède une vertu de souvenir et d'intimité. J'appréciai cette vertu. La continuité est peut-être plus efficace que le changement. Laissant la douche couler, nous nous glissâmes entre les draps sans nous essuyer.

10

Dix heures plus tard, j'étais dans un 747 des American Airlines, en classe touriste, contre le hublot, à l'arrière des ailes, et je buvais du café en mâchonnant sans joie un petit pain réchauffé qui sentait vaguement le ruban adhésif. Nous survolions Buffalo, ce qui paraissait tout indiqué, car nous nous dirigions vers Chicago.

Les sièges voisins étaient occupés par un garçon d'une quinzaine d'années et son jeune frère, âgé de onze ans environ. Ils discutaient d'un certain Ben, qui aurait pu être un chien, et se tordaient de rire. Le père et la mère, assis de l'autre côté du couloir, se relayaient pour leur lancer un regard réprobateur lorsque leur hilarité devenait par trop bruyante. La femme aurait pu être dessinatrice de mode ou avocate ; l'homme avait l'air d'un débardeur, mal à l'aise avec un col et une cravate. La Belle et la Bête.

Nous atterrîmes à Chicago à onze heures. Je louai une voiture, empruntai une carte routière à l'employée de l'agence de location et pris la route du sud-ouest, en direction de Redford, Illinois. Le trajet dura six heures et demie, et le grenier de l'Amérique était une véritable fournaise. Ma Dodge verte de location était munie d'un climatiseur, et je le fis marcher à plein régime tout le long du chemin. Vers deux heures et demie de l'après-midi, je m'arrêtai devant un bistrot de routiers, dans lequel j'avalai deux cheese-burgers arrosés de café noir. Il y avait une tarte aux mûres que le patron affirmait avoir été confectionnée par sa femme, et j'en mangeai deux parts. Il avait fait un bon mariage. Vers quatre heures et demie, la route s'incurva vers le sud et j'aperçus le fleuve. Je l'avais déjà vu, mais j'éprouvais chaque fois la même émotion. Le Mississippi, Cartier et La Salle, Grant à Vicksburg et « c'est merveilleux de vivre sur un radeau ». Plus d'un kilomètre de large et l'éternité devant lui. Je m'arrêtai sur le bas-côté de la route et le contemplai pendant près de cinq minutes. Il était brun et placide.

J'arrivai à Redford à sept heures moins vingt et pris une chambre à l'entrée nord de la ville, dans un Holiday Inn à un étage dont les fenêtres donnaient sur le fleuve et une piscine. Le restaurant était ouvert et plus qu'à moitié vide. Je demandai un demi à la pression et consultai la carte. On m'apporta la bière dans une énorme chope. Je commandai une escalope viennoise garnie d'une jardinière de légumes frais, et j'eus la surprise, quand on me la servit, de la trouver excellente. Mes compliments au chef. Trois étoiles pour le Holiday Inn de Redford, Illinois. Je signai la note et allai me coucher.

Le lendemain matin, je me rendis en ville. En dehors du motel climatisé, l'air était étouffant et saturé d'effluves venus du fleuve. Le Holiday Inn et le Mississippi étaient incontestablement les deux points forts de Redford. C'était une toute petite ville, à peine plus qu'un groupe de maisons de bois délabrées s'étirant le long du fleuve. Aucune fleur n'égayait les cours de terre battue, et bien rares étaient les pelouses jaunies et pelées. Dans l'unique rue commerçante de la ville s'alignaient une quincaillerie vendant également des aliments pour le bétail, un Prisunic, le *Scooter's Lunch,* un self-service avec deux vieilles pompes à essence devant, et, donnant sur un petit square au gazon mêlé de pissenlits, la mairie, couverte de bardeaux peints en jaune. Deux colonnes de style Renaissance soutenaient l'étage en encorbellement, et elle était surmontée d'un campanile de deux étages de hauteur environ, terminé par une flèche élancée couronnée d'une girouette. Dans le petit square trônaient un canon du XIXe siècle et une pyramide de boulets. Deux gamins étaient assis à califourchon sur le canon lorsque j'arrêtai ma voiture devant la mairie. Dans le parking, sur la droite, était garée une Chevrolet blanc et noir, portant une grande antenne et le mot « Police » sur chaque flanc. Je me dirigeai de ce côté et longeai le bâtiment. A l'arrière, je trouvai une porte en treillis métallique, surmontée d'une petite lampe bleue. J'entrai.

Du fond d'une pièce tout en longueur, un ventilateur sur pied, placé à hauteur d'homme, me souffla au visage un courant continu d'air chaud. Sur ma droite courait une balustrade basse en acajou, derrière laquelle j'aperçus un bureau métallique gris et un fauteuil à pivot assorti, un émetteur-récepteur de radio et un micro portatif posés sur une table d'érable aux pieds griffus, un réfrigérateur blanc aux angles arrondis et aux garnitures dorées, et quelques avis de recherche fixés à la porte par des aimants. Et un classeur métallique gris.

Un homme aux cheveux gris, portant des lunettes sans monture et un tatouage représentant un aigle aux ailes déployées sur l'avant-bras droit, était assis derrière le bureau, les bras croisés sur la poitrine et les pieds en l'air. Il était vêtu d'un uniforme kaki visiblement amidonné, et ses bottes noires lacées brillaient comme des miroirs. Un chapeau de tranchée couleur chamois était posé sur le bureau, à côté d'une boîte de bière ouverte. Sur un support tournant, près de l'émetteur radio, un poste de télévision portatif en noir et blanc diffusait *la Vieille Garde de Hollywood.* Une plaque, sur le bureau, annonçait *T.P. Donaldson,* et une grosse étoile d'argent, sur la chemise kaki, précisait *Shérif.* Un carton de pâtisserie de couleur brune, sur le bureau, contenait ce qui semblait être des beignets au citron.

— Je m'appelle Spenser, dis-je en exhibant le photostat de ma licence dans son étui de plastique transparent et aseptique. J'essaye de retrouver la trace d'une certaine Donna Burlington, qui d'après les sommiers du F.B.I., aurait été arrêtée ici en 1966.

— Shérif Donaldson, se présenta l'homme aux cheveux gris.

Il se leva, et nous nous serrâmes la main. Il était grand et vigoureux, avec un visage bronzé respirant la santé et d'énormes mains aux articulations noueuses. Sa chemise avait des plis marqués comme dans l'armée et était coupée de façon à lui coller à la peau.

— Cent-unième ? dis-je.

— Le tatouage ? Oui. J'étais jeune, dans ce temps-là. Plein de fougue et d'arrogance. On s'est soûlés à Londres, et trois d'entre nous se sont fait tatouer. Ma femme n'arrête pas de me dire de le faire enlever, mais... (Il haussa les épaules.) Vous étiez dans les paras ?

— Non, dans l'infanterie et pendant une autre guerre. Mais je me souviens de la 101e division aéroportée. Vous avez fait Bastogne ?

— Oui. J'avais une bonne furonculose dans le dos.

D'après les toubibs, il aurait fallu que je surveille mon alimentation et que je me lave plus régulièrement. (Il prit un air grave.) Mais les Fritz m'ont guéri. J'ai eu le dos truffé de shrapnells, et les furoncles ont disparu.

— La science médicale, dis-je.

Il secoua la tête.

— Bon sang, il y a trente ans de cela.

— Il y a des choses que l'on n'oublie pas.

— Ça c'est sûr. Qui avez-vous dit que vous recherchez ?

— Burlington, Donna Burlington. Alias Linda Hawkins. Vingt-six ans environ, un mètre soixante-deux, cheveux bruns. D'après le fichier du F.B.I., ses empreintes ont été relevées ici en 1966, alors qu'elle devait avoir autour de dix-huit ans. Vous étiez déjà shérif ?

Il hocha la tête.

— Oui, je suis là depuis 1946.

Il se tourna vers le classeur. Une paire de menottes, fixée à son ceinturon, lui pendait au creux des reins, et il portait un gros 45 de l'armée sur la hanche droite, dans l'étui à rabat réglementaire. Il fouilla dans le troisième tiroir et en tira une chemise cartonnée. Il ouvrit celle-ci en me tournant toujours le dos, jeta un coup d'œil sur son contenu, la referma, se retourna, la posa à l'envers sur le bureau et s'assit.

— Vous voulez une bière ? proposa-t-il.

— Non, merci. Vous avez retrouvé Donna Burlington ?

— Je pourrais revoir votre licence, et peut-être des papiers d'identité ?

Je lui tendis ma licence et mon permis de conduire.

Il les examina soigneusement avant de me les restituer.

— Pourquoi cherchez-vous à vous renseigner au sujet de Donna Burlington ?

— Je ne veux pas vous le dire. Si jamais on l'apprenait, cela risquerait de causer un tort considérable à un tas de gens qui n'ont peut-être rien à se reprocher.

— En quoi cela concerne-t-il Donna Burlington ?

— Elle m'a menti sur son nom, sur l'endroit où elle vivait, sur la façon dont elle s'est mariée. Je veux savoir pourquoi.

— Vous pensez qu'elle a commis un délit ?

— Pas que je sache. Je n'ai rien contre elle. Je suis seulement tombé sur un mensonge, et je veux le tirer au clair. Vous savez ce que c'est : quand quelqu'un vous raconte des craques, on a envie de savoir pourquoi.

Donaldson approuva de la tête. Il avala une lampée de bière, déglutit et se mit à téter sa lèvre supérieure.

— Je n'ai aucune envie de déterrer de vieilles histoires, dis-je. Cette fille avait dix-huit ans quand vous l'avez arrêtée. A cet âge-là, tout le monde a le droit de faire une blague. Je veux simplement savoir qui elle est.

Donaldson continua à suçoter sa lèvre et à m'observer.

— Ce sera pire si je commence à poser des questions à droite et à gauche et si les gens se demandent pourquoi un privé de la côte Est vient se renseigner sur le compte de Donna Burlington. De toute façon, j'apprendrai ce que je veux savoir. La ville n'est pas grande.

— Il se pourrait que je ne vous laisse pas poser des questions à droite et à gauche, dit Donaldson.

— Allons, mon vieux, soyons sérieux. Si vous me mettez des bâtons dans les roues, je vais chercher la police d'Etat, je me fais délivrer un mandat par un tribunal et je reviens poser mes questions. Il y aura davantage de gens au courant, cela provoquera beaucoup plus de remous, et vous serez plus mal parti que vous ne l'êtes actuellement. Je me livre à ce que la loi appelle « une enquête légitime ».

— Vous êtes plus têtu qu'une mule, hein ? D'accord, je vais vous répondre. C'est seulement que je n'aime pas dévoiler la vie privée des gens sans une raison foutrement bonne.

— Moi non plus, dis-je.

— Bon. (Il ouvrit le dossier et le feuilleta.) J'ai arrêté Donna Burlington pour détention de trois cigarettes de marijuana. Elle fumait avec deux garçons de Buckston dans une camionnette, derrière le *Scooter's Lunch.* C'était sa première infraction, mais en 66, par ici, on était un peu moins coulant sur la fumette qu'on ne l'est aujourd'hui. Je l'ai coffrée. Elle est passée en jugement et a écopé d'une peine avec sursis, assortie d'un an de liberté surveillée. Six semaines plus tard, elle a plaqué la surveillance et filé à New York avec une petite gouape du coin. Elle n'est jamais revenue.

— Comment s'appelait la petite gouape ?

— Tony Reece. Il avait sept ou huit ans de plus que Donna.

— Quel genre de fille était-ce ?

— C'est loin, tout ça, dit Donaldson. Mais elle était assez turbulente, mal dans sa peau, vous voyez... pas méchante, mais elle avait mauvaise réputation. Toujours fourrée avec des voyous plus vieux qu'elle. La première fille de la classe à fumer, la première à boire de l'alcool, la première à tâter de l'herbe, celle que les garçons sortaient dès qu'ils l'osaient, alors que les autres filles allaient encore au cours de danse de la salle des fêtes et rougissaient si on leur faisait des propositions déshonnêtes.

— Ses parents habitent toujours ici ?

— Oui, mais ils ignorent où elle est. Lorsqu'elle a filé, ils m'ont harcelé pour que je la retrouve. Mais on n'est que trois, moi et deux adjoints, et l'un d'eux n'est qu'à mi-temps. Nos recherches n'ont rien donné, et les parents ont fait une croix sur leur fille. Dans un sens, ils devaient être plutôt soulagés qu'elle soit partie. Ils ne savaient pas quoi faire d'elle. C'était une enfant venue sur le tard, vous voyez ? Les Burlington n'avaient jamais eu d'enfant, et puis, au moment où Mme Burlington commençait son retour d'âge, voilà Donna qui s'amène. Du moins, c'est ce que dit ma femme. La gosse les a drôlement embarrassés tous les deux.

— Et Reece ? On ne l'a jamais revu ?

Donaldson secoua la tête.

— Non. J'ai entendu dire qu'il avait fait des bêtises à New York, et il se pourrait qu'il soit en taule. En tout cas, il n'a jamais remis les pieds ici.

— Quelle est la dernière adresse connue de Donna ?

— Celle de ses parents.

— Vous pouvez me la donner ? J'aimerais leur parler.

— Je vais vous y conduire. Ils seront moins réticents si je suis là. Ils sont âgés et deviennent craintifs.

— Je n'ai pas l'intention de les soumettre à un troisième degré, Donaldson. Je veux simplement causer avec eux et leur demander s'ils en savent un peu plus long que vous sur Donna Burlington.

— Je vous accompagne. Ils ne sont pas très futés et plutôt minables, mais ce sont mes administrés, vous comprenez ? Faut que je veille sur eux.

Je hochai la tête.

— C'est bon, allons-y.

Nous montâmes dans la Chevrolet pie de Donaldson et repassâmes devant la rangée de boutiques et les jardinets pelés. A l'extrémité de la grand-rue, nous tournâmes à gauche, descendîmes vers le fleuve et nous arrêtâmes devant une grande baraque. A l'origine, il s'agissait probablement d'un pavillon de quatre pièces, mais, au cours des années, on lui avait ajouté des appentis et des dépendances plus ou moins croulants, si bien qu'il était difficile de dire combien elle comportait maintenant de pièces. Devant la maison s'étendait une cour fangeuse, où picoraient quelques poules blanches et crasseuses. Un cochon brun et blanc s'était creusé une bauge contre les fondations et y dormait. La porte d'entrée était flanquée à droite de deux hautes bouteilles de gaz grisâtres et à gauche des vestiges d'une plante grimpante, si rabougris que je ne pus déterminer à quelle espèce ils appartenaient. Sur les flancs à l'arrière de la maison, le terrain descendait en pente douce vers le fleuve, en formant une sorte de petit ravin érodé. Il y avait un tas de vieux pneus au coin de l'un des appentis et, au-delà, la carcasse rouillée d'un camion de quarante ans d'âge, une pile de cageots vides et, sur la berge plate et boueuse où clapotait le fleuve, un sommier métallique couvert de mousse et luisant d'écume.

Je songeai à Linda Rabb dans son appartement de

Church Park, avec son jean impeccable et ses cheveux noirs et lustrés.

— On n'attire pas les mouches avec du vinaigre, dis-je.

— Oui, c'est plutôt moche, hein ? Pas étonnant que Donna se soit tirée à la première occasion.

Nous descendîmes de voiture et nous dirigeâmes vers la porte d'entrée. Les restes jaunis d'une couronne de houx fanée pendaient à un clou. Le fantôme d'un Noël passé. Ou peut-être d'un Noël futur pour les Burlington.

Donaldson frappa, et une vieille femme en blouse jaune vint nous ouvrir. Obèse, informe, elle avait les jambes nues, sillonnées de varices, et les pieds chaussés de bottines d'homme éculées. Ses cheveux gris, courts et raides, tombaient autour de son crâne en mèches inégales, qu'elle avait dû couper elle-même avec des ciseaux émoussés. La graisse lui empâtait les traits, et, dans son visage bouffi, les yeux paraissaient tout petits et bigleux.

— Bonjour, madame Burlington, dit Donaldson. Je vous amène un monsieur de Boston qui voudrait vous parler de Donna.

Elle me regarda.

— Vous avez vu Donna ?

— On peut entrer ? demandai-je.

Elle s'écarta.

— Pourquoi pas ? dit-elle.

Sa voix n'était pas spécialement vieille, mais sans inflexions, monotone, lasse comme si rien ne méritait qu'on en parle.

Donaldson retira son chapeau et entra. Je le suivis. La pièce sentait le pétrole, les chiens et des choses indéfinissables. Il y régnait un fouillis inextricable. Donaldson et moi nous faufilâmes jusqu'à un vieux sofa et nous assîmes. Mme Burlington disparut dans un couloir en traînant les pieds et revint au bout d'un moment avec son mari. Celui-ci était blafard et chauve, un grand vieillard vêtu d'un maillot de corps sans manches et d'un pantalon de lainage noir dont la braguette était ouverte. Il avait les joues hérissées de poils gris, et un peu de jaune d'œuf séché au coin de sa bouche. Une peau flasque et blanchâtre pendait de ses bras maigres et plissait sous les aisselles. Il ouvrit une boîte en fer-blanc, versa du tabac à pipe dans le creux de sa main et enfourna bruyamment celui-ci dans sa bouche avant d'adresser un signe de tête à Donaldson, qui lui dit : « Bonjour, monsieur Burlington. » Mme Burlington resta debout, et tous deux nous regardèrent, Donaldson et moi, sans faire un geste ni prononcer un mot. Des paléo-Américains.

— Je suis détective, dis-je. Je n'ai pas le droit de vous révéler où se trouve votre fille, mais je peux vous dire qu'elle se porte bien et qu'elle est heureuse. J'ai besoin d'en savoir un peu plus long sur ses antécédents. Je ne lui veux aucun mal, j'essaie même de lui venir en aide, mais l'affaire dont je m'occupe est absolument confidentielle.

— Qu'est-ce que vous voulez savoir ? s'enquit Mme Burlington.

— Quand avez-vous eu de ses nouvelles pour la dernière fois ?

— On n'a eu aucune nouvelle depuis qu'elle a fichu le camp.

— Pas une lettre, pas un coup de téléphone, rien ? Pas un mot ?

Mme Burlington secoua la tête. Le vieil homme ne fit pas un geste, son expression resta absolument la même.

— Vous savez où elle est allée, en partant d'ici ?

— Elle nous a laissé un mot disant qu'elle partait pour New York avec un type qu'on ne connaissait pas, et on n'a plus entendu parler d'elle.

— Vous l'avez cherchée ?

Mme Burlington désigna Donaldson d'un coup de menton.

— On s'est adressés à T.P. ici présent. Il l'a cherchée. Il l'a pas trouvée.

Un chien bâtard, efflanqué, au pelage ras et jaunâtre, aux oreilles dissymétriques, apparut derrière M. Burlington et nous montra les dents. Burlington se retourna et lui décocha un bon coup de pied dans les côtes. Le chien glapit et disparut.

— Vous n'avez jamais entendu parler de Tony Reece ?

J'avais l'impression d'interroger une malade mentale venant de subir une lobotomie. Et, en comparaison du vieillard, elle était vivace. Elle secoua la tête.

— Jamais vu ce gars-là.

Le vieux cracha un long jet de jus de tabac en direction d'une boîte en carton remplie de sable, à côté de la porte. Il la manqua.

Et voilà. Ils ne savaient rien de rien, et ils s'en foutaient. Le vieil homme n'avait pas ouvert la bouche, et il se contenta de hocher la tête lorsque Donaldson prit congé.

Dans la voiture, Donaldson me demanda ce qu'on faisait.

— On reste là une minute, répondis-je. Le temps que je reprenne mon souffle.

— Ils ont été pauvres toute leur vie, dit Donaldson. Ça use.

Je hochai la tête.

— Bon. Et Tony Reece ? Il a de la famille par ici ?

— Non. Ses parents sont morts tous les deux.

Donaldson démarra et reprit la direction de la mairie. Lorsque nous y arrivâmes, il me tendit la main.

— Si j'étais vous, Spenser, je tenterais ma chance à New York.

— La cité des plaisirs.

11

Le soleil se couchait lorsque l'avion décrivit une courbe au-dessus de l'Océan et atterrit à l'aéroport de La Guardia. Je pris le car jusqu'à la gare routière de la Vingt-huitième Rue est et, de là, un taxi jusqu'au Holiday Inn de la Cinquante-septième Rue ouest. L'escalope viennoise de Redford avait été si savoureuse que je n'éprouvais pas le besoin de changer de crèmerie.

Le standing du West Side ne s'était pas amélioré depuis mon dernier voyage, et l'hôtel cadrait parfaitement avec son entourage. Le vestibule était si déprimant que je n'eus pas le courage de goûter aux escalopes viennoises du restaurant. Je préférai me rendre dans un restaurant suédois de la Cinquante-Huitième Rue, où je mis le *smorgasbord* au pillage.

Le lendemain matin, je donnai quelques coups de téléphone aux services de l'Assistance Publique de New York, tout en buvant du café dans ma chambre. Lorsque j'eus terminé, je longeai la Cinquante-septième Rue jusqu'à la Cinquième Avenue et pris la direction de la ville basse. A New York, je marche toujours beaucoup. Il y avait une énorme girafe en peluche dans la vitrine de la F.A.O., et une collection de livres de cuisine de tous les pays à la devanture de Brentano. Je faillis entrer pour demander si cette librairie était une filiale de celle de Boston, mais j'y renonçai. Mon sens de l'humour n'aurait probablement pas été apprécié.

Il était à peu près dix heures moins le quart lorsque j'atteignis la Trente-quatrième Rue et tournai à gauche. A quatre pâtés de maisons de là, entre la Troisième et la Deuxième Avenue, s'élevait un bâtiment à deux étages, en brique beige, qui ressemblait à une caserne de pompiers transformée. La porte d'entrée en métal brun, précédée de quatre marches, était encadrée par deux hampes de drapeau horizontales. Sous celle de droite, une plaque portait « Ville de New York, Services de l'Assistance Publique, Bureau de bienfaisance de Yorkville ». J'entrai.

C'était une vaste salle aux murs peints en vert, comme il se devait. Des chaises en plastique moulé rouge, vert ou bleu étaient alignées sur trois rangs à droite de l'entrée. A gauche, un comptoir bas. Derrière le comptoir, une grosse Noire, ses lunettes à monture bleue suspendues au cou par une chaînette, était en train d'expliquer à une vieille dame dont la robe descendait jusqu'aux chevilles que son chèque lui parviendrait la semaine suivante et pas avant. La dame protesta en mauvais anglais, et la Noire, derrière le comptoir, répéta ce qu'elle venait de dire, mais plus fort. A l'extrémité du comptoir, une femme-agent de la police new-yorkaise — une Noire svelte avec écusson, pistolet, cheveux courts et énormes semelles compensées — était assise dans un fauteuil pliant. Au-delà du comptoir, la salle tournait à angle droit vers la gauche, et j'aperçus des petits bureaux vitrés. Il n'y avait personne d'autre au rez-de-chaussée.

Derrière moi, à droite de l'entrée, un escalier

conduisait aux étages. Une pancarte écrite à la main indiquait « Consultations privées au premier » avec une flèche. Je montai. Le premier étage avait été divisé en petits cagibis propices aux confidences. Le premier de ces cagibis était occupé ; le second ne l'était pas. Je frappai au chambranle de la porte ouverte et entrai. C'était un peu plus spacieux qu'un confessionnal et meublé en tout et pour tout d'un bureau, d'un classeur et d'un siège pour le visiteur. La mince jeune femme assise derrière le bureau semblait fraîche émoulue de l'Université. Son visage était hâlé par le grand air, mais elle était trop jeune pour avoir les petites rides qu'elle avait autour des yeux. Elle portait un corsage blanc sans manches, décolleté. Ses cheveux bruns étaient coupés court, et elle n'était pas maquillée. Ses mains posées devant elle sur le bureau nu, la droite tenant un crayon, elle arborait une expression de compassion expérimentée que je la soupçonnai de continuer à améliorer. La plaque d'identification indiquait « Mme Harris ».

— Entrez, dit-elle.

En l'honneur de New York, je m'étais habillé en citadin, avec mon complet d'été couleur blé mûr, une chemise bleu marine et une cravate blanche à rayures bleues et or. Allait-elle m'inviter à venir chez elle ? Elle croyait peut-être que je venais solliciter un secours. Si c'était le cas, j'aurais deux mots à dire à mon tailleur. Je lui remis ma carte. Elle l'examina pendant une trentaine de secondes en fronçant les sourcils, puis releva les yeux.

— Oui ? dit-elle.

— Vous trouvez que je devrais y mettre un slogan ? demandai-je.

— Je vous demande pardon ?

— Un slogan. Sur la carte. Vous savez, par

exemple « Nous ne fermons jamais l'œil », ou bien « Les difficultés sont ma spécialité ». Quelque chose dans ce goût-là.

— Monsieur (elle consulta ma carte) Spenser, je suppose que vous plaisantez et cela n'a rien de répréhensible, mais j'ai beaucoup à faire et je vous serais obligée de m'exposer rapidement le but de votre visite.

— Bien, m'dame. Je peux m'asseoir ?

— Je vous en prie.

— Voilà. Je recherche une jeune femme qui aurait pu se présenter ici et obtenir un secours il y a environ huit ans.

— Pourquoi désirez-vous la retrouver ?

Je secouai la tête.

— C'est une question logique, mais je ne peux pas y répondre.

Elle me regarda de la même façon qu'elle avait examiné ma carte, en fronçant les sourcils.

— Qu'est-ce qui vous fait croire que nous avons gardé trace d'un incident aussi ancien ?

— Le fait que vous êtes une administration. Les administrations ne détruisent jamais rien, parce qu'il est toujours possible que quelqu'un, un jour, ait besoin de quelque chose pour dégager sa responsabilité, au cas où celle-ci viendrait à être mise en cause. Vous avez un dossier sur les subsides versés à Peter Stuyvesant au XVIIe siècle.

Son froncement de sourcils s'accentua, creusant un sillon au milieu de son front.

— Qu'est-ce qui vous fait penser que cette jeune femme a sollicité un secours ?

— Vous ne devriez pas froncer les sourcils, dis-je. Cela vous ride prématurément les yeux.

— Monsieur Spenser, je préférerais que vous

n'essayiez pas de donner un tour personnel à cet entretien. L'état de mes yeux est en dehors du sujet.

— D'accord, mais ils pétillent drôlement quand vous êtes fâchée, dis-je.

Elle faillit sourire, se ressaisit et reprit son air sévère :

— Répondez à ma question, je vous prie.

— Elle avait dix-huit ans. Elle s'est enfuie d'une petite ville du Midwest avec le mauvais garçon local, qui l'a probablement abandonnée après leur arrivée ici. Il y a une bonne chance pour qu'elle ait fini par vivre de la charité publique ou de la prostitution, ou des deux. Et je pense que vos archives sont mieux tenues que celles du *Palais des Délices*.

Le crayon qu'elle tenait à la main se mit à battre la charge sur le bureau. Il eut le temps de tapoter au moins six fois avant qu'elle ne l'entende et ne s'arrête.

— Le fait que des personnes aient figuré sur une liste d'assistés a parfois été utilisé pour leur causer du tort. Cela peut paraître cruel, mais c'est ainsi, et j'espère que vous comprenez ma réticence à vous renseigner.

— Je cherche à rendre service à cette fille.

— Mais rien ne me le prouve.

— Sauf ma parole.

— Mais j'ignore si l'on peut se fier à votre parole.

— C'est juste. Vous l'ignorez.

Le crayon reprit son tapotement. Elle regarda le téléphone. Consulter son supérieur hiérarchique ? Elle détourna les yeux. Un bon point pour elle.

— Comment s'appelle cette jeune femme ?

— Donna Burlington. (On tapait à la machine dans l'un des autres cagibis, et j'entendis marcher dans le couloir.) Allez-y. Cherchez. Quelqu'un le fera. La seule question est de savoir qui. Moi ? Les flics ? Les tribunaux ? Votre patron ? Le patron de votre patron ? Pourquoi pas vous ? C'est tellement plus simple.

Elle hocha la tête.

— Oui, vous avez probablement raison. Très bien.

Elle se leva et sortit de la pièce. Elle avait de jolies jambes. Son absence dura un moment. J'allai me poster devant la fenêtre du cagibi, qui donnait sur la Trente-quatrième Rue, et je regardai les gens entrer et sortir du bureau de bienfaisance. Ils étaient moins nombreux que je ne l'aurais cru, et ils paraissaient moins misérables. Au bout du couloir, un homme jurait à toute vitesse en espagnol. La machine à écrire s'était tue. On n'entendait aucun autre bruit.

Mme Harris revint avec un dossier. Elle s'assit, l'ouvrit sur le bureau et consulta les papiers qu'il contenait.

— Donna Burlington a reçu des subsides de ce bureau du mois d'août au mois de novembre 1966. A cette époque, son adresse était 116, Treizième Rue est. Ses rapports avec nos services ont pris fin le 13 novembre 1966, et j'ignore ce qu'elle est devenue.

Elle referma le dossier et croisa les mains dessus.

— Merci beaucoup, dis-je.

— Il n'y a pas de quoi.

Je consultai ma montre : 10 h 50.

— Puis-je vous inviter à déjeuner, proposai-je, bien qu'il soit un peu tôt ?

— Non, merci.

Autant pour le privé de Boston.

— Cela vous amuserait-il de me voir exécuter une traction avec un seul bras ? demandai-je.

— Certainement pas. Si vous n'avez besoin de rien d'autre, Monsieur Spenser, j'ai beaucoup de travail.

— Oh, bien sûr, évidemment. Je vous remercie de votre obligeance. (Elle se leva au moment où je sortais de la pièce. Une fois dans le couloir, je passai ma tête par la porte.) Il y a très peu de gens capables d'exécuter une traction avec un seul bras, vous savez ?

Cela ne parut pas l'impressionner, et je m'en allai.

12

La Treizième Rue était à vingt-cinq minutes de marche de là, et le numéro 116 se trouvait dans l'East Village, entre la Deuxième et la Troisième Avenue. Devant l'immeuble, des hommes aux chemises déboutonnées fumaient et buvaient de la bière en canette, appuyés contre les voitures en stationnement. Ils parlaient espagnol. Le 116 était un bâtiment de brique à trois étages, qui avait été peint en jaune bien des années auparavant, et dont la peinture s'écaillait en myriades de copeaux. L'immeuble voisin, haut de cinq étages et récemment ravalé, était gris clair, avec la porte, les fenêtres, les escaliers de secours et la rampe du perron rouge vif. Les buveurs de bière avaient un transistor qui tonitruait de la musique espagnole.

J'escaladai le perron du 116 et appuyai sur la sonnette marquée « gardien ». Sans résultat. Je sonnai une deuxième fois.

— Ça marche pas, mon pote, me dit l'un des buveurs de bière. Qui vous cherchez ?

— Je voudrais parler au gardien.

— Entrez et frappez à la première porte.

— Merci.

Dans le vestibule, traînaient une bouteille de cidre

vide et une chaussure de basket sans lacet. L'escalier était à gauche, et un corridor assez court s'amorçait sur la droite. Je frappai à la première porte, qui s'ouvrit aussitôt.

La femme qui se tenait sur le seuil était grande et solidement bâtie, avec un teint olivâtre. Une mèche grise striait sa courte chevelure noire du front à la nuque. Vêtue d'une chemise d'homme blanche et d'un jean raccourci, elle était nu-pieds, et les ongles de ses orteils étaient peints en violet. Elle devait avoir dans les quarante-cinq ans.

— Je m'appelle Spenser, dis-je. Je suis détective privé à Boston, et je cherche une jeune femme qui a habité ici il y a huit ans.

Elle sourit. Ses dents étaient blanches et régulières.

— Entrez, dit-elle.

C'était une grande pièce carrée, bien éclairée par la large baie donnant sur la rue. Murs et plafond étaient blancs, et les rideaux et le tapis étaient rouges. Au centre de la pièce, une grande table de bois carrée, avec des pieds massifs, était recouverte d'une toile cirée rouge, avec une grosse coupe de fruits au milieu et une chaise à haut dossier de chaque côté. La femme m'en désigna une.

— Café ? proposa-t-elle.

— Volontiers, merci.

Je m'assis devant la table et examinai la pièce pendant que la femme disparaissait derrière un rideau de perles fermant une arcade pour aller préparer le café. Il y avait un canapé victorien, à dossier et accoudoirs d'acajou, recouvert de peluche rouge, devant la fenêtre, et un assortiment de lithographies de Velazquez sur les murs. La femme revint, portant une cafetière et deux tasses de porcelaine blanche sur un plateau rouge.

— Lait ? Sucre ?

Je secouai la tête. Elle servit le café, me tendit une tasse et s'assit de l'autre côté de la table.

— Votre café est excellent, dis-je.

— Je le mouds moi-même, déclara-t-elle. Je m'appelle Rosa Estrada. En quoi puis-je vous être utile ? (Elle parlait avec un très léger accent étranger.)

Je sortis la photo que j'avais prise de Linda Rabb dans son intérieur.

— Voici une photographie récente d'une certaine Donna Burlington. En 1966, d'août à novembre, elle a habité cet immeuble. Pouvez-vous m'apprendre quoi que ce soit sur elle ?

Elle regarda la photo en réfléchissant à voix haute.

— En 1966, mon cadet avait dix ans... Oui, je me souviens d'elle, Donna Burlington. Elle venait de quelque part dans le Midwest. Elle paraissait bien jeune pour être toute seule à New York, si loin de chez elle. Elle a vécu avec un garçon, pendant un moment, mais il n'est pas resté.

— Vous savez ce qu'elle est devenue, en partant d'ici ?

— Non.

— Elle n'a pas laissé une adresse où faire suivre son courrier ?

— Non. Je me rappelle qu'elle n'avait pas d'argent et qu'elle était en retard pour son loyer, alors je l'avais envoyée au bureau de bienfaisance de la Trente-quatrième Rue. Et puis, un beau jour, elle m'a réglé tous les loyers en retard et elle a déménagé.

— Vous ne savez pas d'où venait l'argent ?

— Je crois qu'elle racolait.

— Prostituée.

Elle hocha la tête.

— Je ne peux pas l'affirmer, mais je sais qu'elle sortait beaucoup, qu'elle ramenait souvent des hommes chez elle, et qu'elle fréquentait le dénommé Violette, qui est un maquereau.

— Il est encore dans les parages ?

— Oh, certainement. Les gens comme Violette ne bougent pas.

— Où puis-je le trouver ?

— Il se tient habituellement dans la Troisième Avenue, devant le *Casa Grande* près de la Quinzième Rue.

— Quel est son vrai nom ?

Elle haussa les épaules.

— Tout le monde l'appelle Violette, dit-elle. Encore un peu de café ?

— Merci.

Je tendis ma tasse et elle la remplit. Ses mains étaient fortes et soignées, avec le même vernis à ongles que ses pieds. Pas de bague. Dehors, on entendait la musique du transistor et, de temps à autre, les voix des buveurs de bière.

— C'était une petite fille toute menue, toute mince, dit Rosa Estrada. Très effrayée. Elle ne se plaisait pas ici, mais elle ne voulait pas retourner chez elle. Elle ne savait pas se maquiller, ni s'habiller. Elle ne savait pas parler aux gens. Si elle faisait le tapin, cela devait lui être très pénible.

Je terminai mon café et me levai.

— Merci pour le café et pour les renseignements, dis-je.

— Elle a des ennuis ?

— Non, je ne pense pas, dis-je. Rien dont je ne puisse la tirer.

Nous nous serrâmes la main et je m'en allai. Après

le logement de Rosa Estrada, la rue me parut chaude et bruyante. Je gagnai la Troisième Avenue et la remontai vers le nord. Au coin de la Quatorzième Rue, un homme vêtu d'une gabardine urinait contre le mur de brique d'un bazar. Il avait du mal à se tenir debout et s'appuyait au mur en écartant son pardessus d'une main. Par pudeur, probablement. Si vous devez pisser contre un mur, faites-le pudiquement. A quelques mètres de là, un second homme était allongé sur le trottoir, les genoux repliés, les yeux clos. Des compagnons de beuverie. Je regardai ma montre : il était deux heures et demie de l'après-midi.

Le coin de la Quinzième Rue était occupé par un bar dont la façade de faux pisé était percée d'une fenêtre à petits carreaux et d'une porte imitant le chêne. Une petite enseigne au néon annonçait *Casa Grande, bière à la pression.* Le long du trottoir, devant le *Casa Grande,* étaient garées une Lincoln Continental blanche et une Cadillac Coupé-de-Ville marron à toit de vinyle blanc. L'homme adossé au Coupé-de-Ville avait vu trop de films série X. C'était un Noir qui devait mesurer un mètre quatre-vingt-dix en chaussettes et deux mètres avec les sandales rouges à semelles compensées qu'il avait aux pieds. Il portait également des chaussettes à carreaux rouges et noirs, une culotte de golf noire, un gilet à mailles ajourées et un chapeau noir style *Trois Mousquetaires,* orné d'une énorme plume rouge, était incliné sur ses yeux. Il ne lui manquait qu'un écriteau annonçant « maquereau ».

— Excusez-moi, dis-je, je cherche Violette.

Le mac me toisa du haut de ses cothurnes.

— Qu'est-ce que vous lui voulez ? demanda-t-il.

— On m'a dit qu'il pourrait me renseigner au sujet d'une fille.

— Y a quelqu'un qui s'est foutu de vous, mec. Je sais rien sur aucune fille.

— Vous êtes Violette ?

Il haussa les épaules et détourna les yeux.

— Je cherche des renseignements sur une certaine Donna Burlington, dis-je.

La Lincoln démarra, décolla du trottoir, fit demi-tour sur place et s'éloigna.

— Vous êtes un Fédé ? s'enquit Violette. C'est la première fois que je vous vois dans le coin.

— Je ne suis rien du tout, dis-je. Simplement un type disposé à payer un tuyau.

— Si vous n'êtes pas flic, j'espère que vous avez un permis pour la seringue que vous portez sur la hanche droite. (Violette était observateur).

— Bon. (Je tirai une carte de visite de ma poche et la lui remis.) Je suis détective privé. A Boston. Mais je suis quand même disposé à payer un tuyau.

— A Boston, s'exclama Violette en éclatant de rire, la ville des bouffeurs de fayots. Merde alors ! Qu'est-ce qu'elle a fait, Donna ? Elle a fauché des haricots ?

— Non, des affûtiaux dans un magasin pour dames, et je crois que vous en portez quelques-uns.

— Hé, mec, vous ne voudriez pas que je me loque comme vous autres péquenots ? (Il frappa du dos de la main le toit de la Cadillac et s'étrangla de rire.) Non, mais regardez-moi ce costard de petit garçon à sa maman ! C'est-y pas mignon ? (Il en avait les larmes aux yeux.)

— Ecoutez, Violette, dis-je. Je ne suis pas venu ici pour m'extasier sur votre chapeau à plume. Si on allait boire une bière et qu'on discute un peu ?

— C'est vrai, ça, pourquoi pas, mec ? Vous parliez de payer un tuyau ?

Nous entrâmes au *Casa Grande* et nous assîmes au bar. A l'extrémité du comptoir, la télévision diffusait un match de foot. Le barman, un homme entre deux âges, portant une chemise blanche propre, s'approcha et essuya le comptoir devant nous.

— Qu'est-ce que ce sera, messieurs ? demanda-t-il en fixant prudemment un point situé entre ma tête et celle de Violette.

— Deux demis à la pression, répondis-je.

— Te bile pas, Hec, il est réglo, dit Violette. On discute simplement une petite affaire.

Le barman se décida à me regarder.

— Entendu, Violette, dit-il, et il tira la bière.

Violette ôta son chapeau. Il était chauve comme un œuf.

— Hec aussi vous a pris pour un poulet. J'espère que vous ne comptez pas passer inaperçu, mec.

Je secouai la tête.

— Pas plus que vous, dis-je.

Une fois de plus, Violette éclata de rire.

— Qu'est-ce que vous voulez savoir, mec ?

Je sortis ma photo de Donna Burlington et la montrai à Violette.

— Vous la reconnaissez, avec huit ans de plus ?

— Vous avez parlé de payer. Combien vous offrez ?

— Cinquante tickets.

— C'est pas lerche, mec.

— Vous n'avez pas à travailler très dur pour les gagner, dis-je. Ça payera le prochain plein d'essence du brontosaure garé devant le bistrot.

Violette hocha la tête et siffla la moitié de son demi.

— Oui, dit-il, je me souviens de Donna. Je me la suis rappelée aussitôt que vous avez prononcé son nom.

— Parlez-moi d'elle.

— Une gosse de la cambrousse, dit Violette. Elle venait d'un trou perdu. Elle était toute môme, à l'époque. Elle a bossé pour moi pendant six mois environ.

— Comment l'avez-vous connue ?

— Son Jules la faisait racoler sur mon turf, mec. J'ai viré ce connard, et la petite est restée avec moi.

— Elle avait le choix ?

Violette sourit.

— Pas dans ce secteur, mec.

— Comment se fait-il que vous vous souveniez si bien d'elle ?

— C'était une Blanche, mec. La plupart de mes gagneuses sont des Noires.

— Qu'est-ce qu'elle est devenue ?

Violette haussa les épaules.

Elle est partie turbiner dans les quartiers chics, façon call-girl, sur rendez-vous seulement.

Il vida son verre. Le barman servit deux autres demis sans qu'on lui ait rien demandé.

— Elle travaillait à son compte ?

— Non, pour une autre gonzesse, une taulière, mec. La grande classe. Elle devait se farcir que des michés de Boston, vous voyez le genre ? (Et, à nouveau, le rire tonitruant.)

— Vous pouvez me donner les coordonnées de cette femme ?

— Je peux me les procurer, mais ce sera plus cher.

— Cinquante de mieux ?

— Correct. (Violette se leva et alla s'enfermer dans la cabine téléphonique. Il revint au bout de cinq minutes.) Patricia Utley, dit-il. 57, Trente-septième Rue est.

— Merci, Violette. (Je tirai un billet de cent dollars de mon portefeuille et le lui tendis.) Si jamais vous passez par Boston...

Violette éclata de rire une fois de plus.

— D'accord, mec. Si jamais j'ai besoin de fayots...

Je terminai ma bière et me levai. Violette se retourna et posa ses coudes sur le comptoir.

— Hé, Spenser, dit-il. Utley travaille pour de très gros bonnets, vu ?

— Ça ne me dérange pas, dis-je. Je n'ai pas peur des gros.

— Enfin, faut reconnaître que vous êtes baraqué. Mais allez-y mollo avec Utley, mec. On n'est pas à Boston, ici.

— Violette, dis-je, je ne suis même pas sûr qu'on soit sur terre.

13

Le centre-est de Manhattan est le New York que l'on voit dans les films. Elégant, charmant, propre. Patricia Utley habitait un hôtel particulier à trois étages, dans la Trente-septième Rue est, à l'ouest de Lexington Avenue. La maison était en pierre, peinte en gris perle, avec une porte en fer forgé et des fenêtres à boiseries blanches. Deux lucarnes faisaient saillie sur le toit d'ardoise à la Mansard, et une petite terrasse, à droite de l'entrée, regorgeait de fleurs et d'arbres nains. Des géraniums rouges et des impatiens blanches bordaient les trois marches de granit du perron.

La porte me fut ouverte par un grand Noir à cheveux gris, en veste blanche. Je lui remis ma carte.

— Pour Patricia Utley, dis-je.

— Veuillez entrer, dit-il, et il s'effaça.

Je pénétrai dans un hall dallé, au fond duquel s'élevait un escalier d'acajou aux contremarches blanches. Le Noir ouvrit une porte sur la droite et me fit entrer dans un petit salon donnant sur la Trente-septième Rue et le jardin miniature. Les murs étaient lambrissés de blanc, et un lustre de verre irisé pendait du plafond. Les tapis étaient persans, les meubles Edouard VII.

— Attendez ici, je vous prie, dit le valet de chambre, et il s'éclipsa en refermant la porte derrière lui.

Contre le mur faisant face à la fenêtre, un dressoir en acajou supportait quatre carafons de cristal taillé et un assortiment de verres en cristal. Je soulevai les bouchons des carafons et reniflai. Xérès, cognac, porto, calvados. Je me versai un verre de calvados. En face de la porte, une cheminée de marbre noir était flanquée de bibliothèques montant jusqu'au plafond. Je jetai un coup d'œil sur les titres : *les Œuvres complètes de Charles Dickens, Une histoire des peuples de langue anglaise* par Winston Churchill, *les Œuvres en prose et en vers de Longfellow, le Profil de l'Histoire* par H. G. Wells, les *Contes de Canterbury* de Chaucer illustrés par Rockwell Kent. La porte s'ouvrit derrière moi, et une femme entra dans la pièce. Le valet de chambre referma silencieusement derrière elle.

— Monsieur Spenser, dit-elle, je suis Patricia Utley.

Elle me tendit la main. Je la serrai. Patricia Utley paraissait capable d'avoir lu tous les livres et de les avoir compris. C'était une petite blonde d'une quarantaine d'années, solidement bâtie, portant de grosses lunettes rondes à monture noire. Ses cheveux, étroitement tirés sur le crâne, formaient un chignon sur la nuque. Elle était vêtue d'une robe de toile blanc cassé, sans manches, avec un liseré bleu et vert le long de l'ourlet et du décolleté. Ses jambes nues étaient bronzées.

— Asseyez-vous donc, me dit-elle. Je vois que vous avez à boire, c'est parfait. Que puis-je faire pour vous ?

Je m'assis sur le sofa. Elle s'assit en face de moi sur

une ottomane. Les genoux serrés, les chevilles croisées, les mains posées dans son giron.

— Je cherche des renseignements sur une certaine Donna Burlington, que vous avez dû connaître il y a huit ans de cela. (Je lui montrai la photo.)

— Qu'est-ce qui vous fait croire que je pourrais la connaître, monsieur Spenser ?

— L'un de vos confrères m'a laissé entendre qu'elle avait quitté son emploi chez lui pour travailler dans votre établissement.

— Je suis désolée, je ne comprends pas.

Ses yeux bleus me regardaient bien en face, posément. Son visage était serein.

— Eh bien, m'dame, je ne voudrais pas être trivial, mais un maquereau d'East Village, appelé Violette, m'a dit que cette fille était partie bosser pour votre compte à la fin de l'automne 1966.

— Je crains de ne connaître personne du nom de Violette, dit-elle.

— Grand, mince, tenue voyante, mais petite envergure. Il n'y a pas de raison pour que vous le connaissiez. L'agence Pinkerton n'a jamais entendu parler de moi.

— Oh, je suis certaine que vous êtes bien connu dans votre partie, monsieur Spenser. (Elle sourit, et une fossette se forma dans chacune de ses joues.) Mais, sincèrement, je ne vois pas ce que je peux faire pour vous. Ce Violette vous a induit en erreur, probablement pour de l'argent. New York est une ville très âpre au gain.

La pièce était fraîche et silencieuse : climatisation centralisée. Je bus une gorgée de calvados, et cela me rappela que je n'avais rien mangé depuis sept heures et demie du matin. Il était près de quatre heures et demie de l'après-midi.

— Miss Utley, dis-je, je n'ai aucune envie de vous causer des ennuis, et je ne veux pas qu'il arrive quoi que ce soit de fâcheux à Donna Burlington. J'ai seulement besoin de savoir à quoi m'en tenir sur son compte.

— Miss Utley, dit-elle. Le « Miss » est charmant, merci, mais c'est « madame ».

— D'accord, madame Utley, mais cela ne change rien à ce que j'ai dit. Il faut que je sache qui est Donna Burlington. Confidentiellement. Cela ne fera de tort à personne, et je ne peux pas vous expliquer pourquoi. Mais il faut que je sache.

Je terminai mon calvados. Elle se leva, prit mon verre, le remplit et le posa sur la table basse à dessus de marbre, devant moi. Ses gestes étaient nets, gracieux et distingués. Comme elle.

— Je n'y vois aucune objection, monsieur Spenser, mais je ne peux rien pour vous. Je ne connais pas cette jeune femme, et je ne vois pas pourquoi quelqu'un a pu s'imaginer que je pourrais la connaître.

— Madame Utley, je sais que nous venons seulement de faire connaissance, mais accepteriez-vous de dîner avec moi ?

— Cela fait partie de votre technique, monsieur Spenser ? Du vin et des chandelles, et je me rappellerai peut-être quelque chose au sujet de la jeune personne ?

— J'avoue qu'il y a un peu de ça. Mais c'est surtout que j'ai horreur de manger seul. Je ne connais que deux personnes à New York, vous et Violette, et Violette avait déjà un engagement.

— Vous savez, il n'est pas très flatteur de venir en seconde position derrière un... comment avez-vous dit ? Un maquereau d'East Village.

— Je vous raconterai mes enquêtes les plus passionnantes, dis-je. Tenez, je me rappelle une affaire que j'ai baptisée « le Chien des Baskerville »...

La fossette réapparut.

— Et j'exécuterai pour vous une traction avec un seul bras, et je vous chanterai une douzaine de chansons populaires en articulant tellement bien que vous comprendrez tous les mots.

— Et si je continue à refuser ?

— Alors, je me rendrai au F.B.I. et je tâcherai de dégoter quelqu'un qui vous connaît et qui pourra intercéder en ma faveur.

— Je déteste les menaces, monsieur Spenser.

— C'est le désespoir, dis-je. La solitude et le désir rendent les hommes fous. Tenez, voilà un échantillon des réjouissances qui vous attendent. (Je posai mon verre sur la table, me couchai à plat ventre sur le tapis et exécutai une traction avec un seul bras. En équilibre sur le bras droit, la main gauche derrière le dos, je levai les yeux vers elle.) Vous voulez que je recommence ? dis-je.

Elle riait. Silencieusement d'abord, le visage grave, mais trahie par les soubresauts de son estomac, puis à gorge déployée, la tête en arrière et les fossettes assez profondes pour y loger une olive noire.

— J'accepte, dit-elle. Donnez-moi le temps de me changer, et je vous accompagne. Et maintenant, pour l'amour du ciel, relevez-vous, grand fou.

Je me levai.

— Cette bonne vieille traction avec un seul bras, dis-je. Les femmes s'y laissent presque toujours prendre.

Elle ne fut pas longue. J'eus tout juste le temps de boire un autre calvados avant qu'elle ne réapparaisse dans une robe blanche sans dos, attachée autour du cou et serrée à la taille par une large ceinture bleu roi. Ses escarpins étaient assortis à la ceinture, ainsi que ses boucles d'oreilles.

— Houbba, houbba, m'exclamai-je.

— Houb-ba, houb-ba ? Qu'est-ce que cela peut bien vouloir dire ?

— Que vous êtes splendide, dis-je. Où aimeriez-vous dîner ?

— Il y a un restaurant charmant dans la ville haute, à quelque distance d'ici. Nous pourrions y aller, si cela vous convient.

— Je suis entre vos mains. C'est votre ville.

— Je doute que vous soyez jamais entre les mains de qui que ce soit, Spenser, mais je pense que cet endroit vous plaira.

— Taxi ?

— Non, Steven va nous conduire.

Lorsque nous sortîmes de la maison, le même grand Noir à cheveux gris était assis au volant d'une limousine Mercedes. Il avait troqué sa veste blanche contre un blazer bleu.

Nous nous rendîmes dans la ville haute.

Le restaurant était situé dans la Soixante-cinquième Rue, dans l'East Side, et s'appelait *les Ailes de la Colombe*.

— Vous croyez qu'ils servent les plats dans une coupe d'or ? demandai-je.

— Je ne pense pas. Pourquoi ?

— Plaisanterie littéraire, dis-je. Ce sont les titres de deux ouvrages de Henry James.

— Je ne crois pas les avoir lus.

A notre arrivée, il n'était encore que cinq heures et demie. La plupart des gens auraient estimé que c'était trop tôt pour dîner, mais la plupart des gens avaient probablement déjeuné. Moi pas. C'était un petit restaurant, avec une table surchargée de desserts dans l'entrée et deux salles séparées par une arcade. Le plafond était en verre dépoli, comme dans une serre, et les murs étaient faits de briques patinées, les unes provenant de la construction primitive, les autres artistiquement mêlées aux authentiques. Les nappes étaient roses, et il y avait des fleurs et des plantes vertes partout, notamment dans des pots suspendus.

— Bonsoir, madame Utley, dit le maître d'hôtel en smoking. Votre table vous attend.

Elle sourit et lui emboîta le pas. Je fermai la marche. L'un des murs du restaurant était recouvert de miroirs, ce qui faisait paraître l'établissement beaucoup plus vaste qu'il ne l'était. Je m'examinai au passage. Mon complet faisait son petit effet, et je m'étais fait couper les cheveux la semaine précédente. Si seulement un dénicheur de talents de *Playgirl* pouvait me remarquer.

— Vous prendrez l'apéritif ?

— Un Campari on the rocks avec un zeste, John, dit Patricia Utley.

— Vous avez de la bière à la pression ? demandai-je.

— Non, dit le maître d'hôtel.

— Vous avez de l'Amstel en canette ?

— Non, dit-il.

— Vous croyez que *Nedick's* est encore ouvert ? demandai-je à Patricia Utley.

— Apportez-lui une bouteille de Heineken, John, dit-elle au maître d'hôtel.

— Certainement, madame Utley, dit le loufiat et il s'éloigna d'un pas majestueux en direction de la cuisine.

Elle me regarda et secoua la tête.

— Il vous arrive quelquefois d'être sérieux, Spenser ?

— Oui, cela m'arrive, dis-je. Je suis sérieux, par exemple, quand je vous demande de me parler de Donna Burlington.

— Et moi, je suis sérieuse quand je vous demande pourquoi vous pensez que je la connais.

— Parce que vous dirigez une entreprise de prostitution de luxe et que vous êtes commanditée par ce que mon informateur appelle le gros pognon. Je le sais, vous le savez, alors pourquoi continuer à jouer la comédie ? La vérité, madame Utley, nous fera gagner du temps à tous les deux.

— D'accord, dit-elle, admettons que vous ayez raison. Pourquoi vous répondrais-je ?

Un serveur apporta nos consommations, et j'attendis qu'il les posât sur la table. Avec un certain dédain pour la mienne, me sembla-t-il.

— Parce que je peux vous causer des petits embêtements — les flics, les journaux, voire les Fédés —, peut-être même vous attirer des ennuis, je ne sais pas. Cela dépend à quel point vos commanditaires sont vraiment gros. Si vous me répondez, alors c'est confidentiel, pas le moindre embêtement. Et il se pourrait même que je vous fasse une autre traction avec un seul bras.

— Et si c'était à vous que mes commanditaires décidaient de causer des embêtements ?

— J'ai un taux de tolérance très élevé aux embêtements.

Elle but une gorgée de son Campari.

— C'est curieux, ou peut-être n'est-ce pas curieux du tout, mais vous êtes la seconde personne qui vient me parler de Donna.

— Qui était la première ?

— Un homme qui ne m'a pas dit son nom, mais qui était pour le moins étrange. Il était... eh bien, déguisé, si l'on peut dire. Entièrement vêtu de blanc, costume blanc, chemise blanche, cravate blanche, chaussures blanches et un grand chapeau de paille blanche comme un planteur d'Amérique du Sud.

— Taille moyenne, mince, mâchant du chewing-gum ?

— Oui.

— Tiens tiens, dis-je.

— Tiens tiens ?

— Oui, ça signifie « tiens tiens, je vois ce que c'est », ou « tiens tiens, j'ai découvert un indice ». C'est du langage de détective.

— Ainsi, vous le connaissez.

— Oui, je le connais. Qu'est-ce qu'il voulait ?

Elle but une autre gorgée de Campari. Je bus de la Heineken.

— Parmi les différentes affaires dont je m'occupe, dit-elle, il y a une firme de cinéma. Ce monsieur avait apparemment vu Donna dans l'un de nos films, et il voulait la bande originale.

— Tiens tiens tiens tiens, dis-je. Diversification des secteurs d'activité. (Le serveur vint prendre notre commande. J'attendis qu'il fût reparti pour poursuivre.) Commencez par le commencement. Quand vous avez fait la connaissance de Donna, ce qu'elle a fait pour vous, dans quel genre de film elle a tourné, racontez-moi tout.

— D'accord si vous me promettez de ne plus dire « tiens tiens ».

— Promis.

— C'est un client qui m'a amené Donna. Il l'avait ramassée dans l'East Village un jour qu'il était soûl.

(Elle fit la grimace.) A l'époque, elle travaillait pour Violette. Auparavant, son petit ami l'avait obligée à se prostituer, mais il avait été éliminé par Violette. J'ignore ce qu'il est devenu. Mon client trouvait Donna trop mignonne pour faire des passes à l'arrière d'une voiture pour le compte d'un maquereau de bas étage comme Violette. Il l'a mise en contact avec moi.

Le serveur apporta le potage. J'avais commandé un gazpacho, Patricia Utley une vichyssoise.

— Je dirige une entreprise de tout premier ordre, Spenser.

— Je n'en doute pas.

— Bien entendu, je nierais tout si jamais l'affaire s'ébruitait.

— Cela ne se produira pas. Je ne m'intéresse pas à votre entreprise. Je m'intéresse uniquement à Donna Burlington.

— Mais vous désapprouvez ?

— Je n'approuve ni ne désapprouve. Pour vous dire la vérité, madame Utley, je m'en fous. Je ne pense qu'à une seule chose à la fois. Pour l'instant, c'est Donna Burlington.

— C'est le plus vieux métier du monde, dit-elle. S'il existe, c'est parce que les hommes ont certains besoins. (Elle dit cela comme si ces besoins dégageaient une odeur nauséabonde.)

— Qui est-ce qui désapprouve, maintenant ?

— Vous ne pouvez pas imaginer ce que c'est, dit-elle. Vous n'avez pas vu ce que j'ai vu.

— Revenons à Donna Burlington.

— Elle avait dix-huit ans quand je l'ai prise en charge. Elle ne savait rien. Elle ne savait pas comment s'habiller, comment se coiffer, comment se maquiller. Je l'ai gardée deux ans et je lui ai tout appris. A marcher, à s'asseoir, à s'exprimer. Je lui ai fait lire des livres, je lui ai appris à s'habiller, à se maquiller.

Le serveur apporta le poisson. Sole à la sauce au safran pour elle, médaillons de coquille Saint-Jacques pour moi.

— Comme Pygmalion, en somme.

— Oui, dit-elle. Ce fut à peu près cela. J'aimais bien Donna, c'était une petite fille toute simple. Pour moi, elle était un peu... oh, pas comme une fille, non, mais comme une nièce, peut-être. Et puis, un beau jour, elle m'a quittée. Pour se marier.

— Qui a-t-elle épousé ?

— Elle n'a pas voulu me le dire. J'ai supposé qu'il s'agissait d'un client, mais je n'ai pas su son nom, et je n'ai jamais revu Donna.

— Quand cela s'est-il passé ?

Patricia Utley réfléchit un instant.

— La même année que le coup d'Etat proaméricain au Cambodge, en 1970. Je me souviens que c'était en hiver, parce que, le jour de son départ, elle portait un ravissant manteau de tweed à col de fourrure qu'elle venait d'acheter.

Le serveur débarrassa le poisson et servit la salade, feuilles d'épinard et champignons crus accommodés à l'huile et au citron. Je goûtai. Couci-couça.

— Je suppose que les films étaient ce que j'appelais, étant gosse, des films cochons.

Elle sourit.

— Il devient bien difficile de les départager, n'est-ce pas ? C'était des films érotiques. Mais de classe, vendus par souscription.

— Bas noirs, porte-jarretelles, deux filles et un homme ? Ce genre de truc ?

— Non, comme je vous le disais, c'était de bon

goût, d'excellente qualité, avec des couleurs et un son impeccables. Pas de sadisme, pas d'homosexualité, pas de partouzes.

— Et Donna a joué dans ces films ?

— Dans un film, peu de temps avant qu'elle ne me quitte. C'était bien payé et, si c'était un gros travail, cela la changeait un peu. Son film s'appelait *les Joies de la banlieue*. Elle y était tout à fait crédible.

— Qu'est-ce que vous avez répondu à l'individu qui est venu vous le demander ?

— Je lui ai dit qu'il faisait erreur, que j'ignorais tout des films et de la jeune femme en question. Il est devenu grossier, et j'ai dû le faire mettre à la porte par Steven.

— J'ai entendu dire que ce type était assez coriace.

— Steven était armé.

— Oh. Comment se fait-il que vous ne m'ayez pas fait mettre à la porte par Steven ?

— Vous n'avez pas été grossier.

L'entrée arriva. Canard aux figues et au cognac pour moi, filet de perche à la sauce au concombre et au crabe pour elle. Le canard était délicieux.

— Vous vendez ces films par souscription, dis-je. (Elle acquiesça.) Je pourrais jeter un coup d'œil sur la liste des souscripteurs ?

— Pas question.

— Aucun espoir ?

— Aucun. Vous comprenez certainement ma position. Ce genre de documents doit rester confidentiel pour la sécurité de nos clients.

— Il y a des gens qui vendent des listes d'adresses, dis-je.

— Pas moi. Je ne suis pas à court d'argent, monsieur Spenser.

— Non, je n'ai pas l'impression que vous le soyez. Bon, supposons que je vous cite deux noms et que vous me disiez s'ils figurent sur votre liste ? Cela ne compromettrait personne en dehors de ceux que je soupçonne de toute façon.

L'entrée était accompagnée de carottes à la sauce brune, de fenouil frais et de courgettes au beurre, et Patricia Utley mangea un peu de chaque avant de me répondre.

— Nous pourrions retourner prendre le digestif chez moi, après le dîner, et je ferai contrôler par quelqu'un.

Le dessert, baptisé « clafoutis », me parut être une vulgaire crêpe aux airelles, et nous terminâmes par un café faiblard. L'addition se montait à cent dix-neuf dollars, service compris.

14

Chez Patricia Utley, je revins au calvados. Patricia Utley prit du xérès.

— Vous voulez voir le film, Spenser? proposa-t-elle.

— Non, merci.

— Pourquoi pas? Je n'ai jamais connu d'homme qui n'apprécie pas l'érotisme.

— Oh, je suis à cent pour cent pour. (Je songeai à Linda Rabb dans son appartement de Church Park, avec son jean blanc bien propre.) C'est le cinéma que je n'aime pas.

— Comme vous voudrez. (Elle but une gorgée de xérès.) Vous deviez me citer des noms.

— Oui : Bucky Maynard — je ne sais pas si c'est son véritable prénom ou un sobriquet — et Lester Floyd.

J'espérais qu'elle ne s'intéressait pas au base-ball et qu'elle n'avait jamais entendu parler de Maynard. Je ne voulais pas faire de rapprochement entre Donna Burlington et les Rod Sox, mais il fallait que je sache. Si le nom de Bucky Maynard lui disait quelque chose, elle n'en laissa rien paraître. Lester Floyd me faisait l'effet d'un sous-fifre. S'il était dans le coup, il y avait gros à parier que c'était en tant que prête-nom de Maynard.

— Je vais voir, dit-elle. (Elle décrocha le téléphone placé à la tête du divan et composa un numéro de trois chiffres.) Voulez-vous regarder la liste de nos souscripteurs, notamment ceux des *Joies de la banlieue,* et voir si nous avons un Bucky Maynard ou un Lester Floyd, ainsi que l'adresse et la date ? Merci. Oui, rappelez-moi tout de suite. Je suis dans la bibliothèque.

— Combien existe-t-il de copies de ce film ? demandai-je.

— Cela ne vous regarde pas, dit-elle. C'est confidentiel.

— Bon, cela n'a d'ailleurs pas d'importance. Ce qui m'intéresse, c'est de savoir si je peux les avoir toutes.

— Non, je vous ai offert de vous montrer le film et vous avez refusé.

— La question n'est pas là, dis-je.

Le téléphone sonna et Patricia Utley décrocha, écouta un instant, nota quelque chose sur un bloc et raccrocha.

— Il y a un Lester Floyd sur notre liste de souscripteurs. Pas de Bucky Maynard.

— Quelle est l'adresse de Floyd ?

— Harbor Towers, Atlantic Avenue, Boston. Il vous faut le numéro de la rue ?

— Non, merci, c'est parfait. (Je terminai mon eau-de-vie et elle me resservit.) Ce que je m'apprêtais à vous dire, c'est que je ne veux pas ces films pour les regarder, mais pour les détruire. Donna Burlington mène maintenant une vie rangée. Elle a un mari, un petit garçon, des planchers de chêne bien cirés et une cuisine toute électrique. Vous voyez le genre. Ces films pourraient l'anéantir.

— Ce n'est pas mon problème, Spenser. Il y a une bonne chance pour qu'aucun des détenteurs de ces films ne connaisse Donna, ou ne la reconnaisse. Et nous ne sommes plus au XIXe siècle. La reine Victoria est morte. Vous ne croyez pas que vous dramatisez un peu, en prétendant que le fait d'avoir joué une fois dans un film érotique peut briser la vie d'une femme ?

— Si. Dans le milieu où elle vit. Dans ce milieu-là, ce serait catastrophique.

— Eh bien, en admettant que vous ayez raison, je vous répète que ce n'est pas mon problème. Je suis dans les affaires, pas dans les bonnes œuvres. Et détruire ces films ne serait pas une bonne affaire.

— Même si on vous les payait ce que nous autres collectionneurs appelons « un bon prix » ?

— Pas la bande originale. On ne tue pas la poule aux œufs d'or. Vous pouvez avoir autant de copies que vous désirez, à condition de les payer, mais pas la bande originale.

Je me levai, traversai la pièce et allai regarder par la fenêtre. Les réverbères de la Trente-septième Rue s'étaient allumés et, bien qu'il ne fît pas encore tout à fait sombre, tout avait pris une délicate teinte bronzée. La circulation était clairsemée, et les passants ressemblaient aux figurants d'un film de Fred Astaire : beaux et élégants. Des clochettes d'un rouge éclatant, grosses comme du chèvrefeuille, fleurissaient dans le petit jardin.

— Madame Utley, dis-je, je crois que l'on fait chanter Donna et que le maître chanteur finira par briser sa vie et celle de son mari en se servant de vos films.

Silence derrière mon dos. Je me retournai et mis mes mains dans mes poches.

— Si je peux me procurer ces films, je lui coupe l'herbe sous le pied. (Très digne, les genoux joints et les chevilles croisées, comme dans l'après-midi, Patricia Utley trempait délicatement ses lèvres dans son xérès.) Vous vous rappelez Donna, n'est-ce pas ? Pour vous, elle était presque comme une nièce. Vous lui avez tout appris. Pygmalion. Vous vous souvenez d'elle ? Elle a commencé sa vie dans un bourbier. Et elle s'en est sortie. Elle s'est hissée hors de la fange, elle a pris pied sur un terrain solide, et maintenant on essaie de l'y faire retomber. Vous n'avez pas besoin d'argent. Vous me l'avez dit vous-même.

— Je suis une femme d'affaires, dit-elle. Je suis correcte en affaires.

— C'est ce qui vous permet de rester hors de la fange ?

— Je vous demande pardon ?

— Vous aussi, vous êtes un peu sortie du bourbier, hein ? C'est comme cela que vous vous y êtes prise ? Vous n'arrêtez pas de vous répéter que vous êtes une femme d'affaires, et, à vos yeux, cela justifie tout. Cela vous évite de regarder en face le fait que vous êtes également une maquerelle. Tout comme Violette est un maquereau.

Elle resta impassible.

— Espèce de sale petit fouille-merde, dit-elle.

J'éclatai de rire.

— Maintenant, ma jolie, on commence à se comprendre. Vous avez une classe terrible et des manières de duchesse, mais vous et moi, on sort du même ruisseau, mon chou, et maintenant que nous le savons tous les deux, on va pouvoir s'entendre. Je veux ces saloperies de films, et je ferai ce qu'il faudra pour les avoir.

Elle avait un peu pâli sous son maquillage.

— Vous voulez que Donna retombe dans son merdier ? dis-je. Elle en est sortie, et vous l'y avez aidée. Maintenant, elle a de la classe et du savoir-vivre, et un individu essaie de la salir et de lui frotter le nez dans ce qu'elle a été. Il la détruira. Vous voulez détruire Donna ? Au nom des affaires ? Vous avez été furieuse que je vous compare à Violette. Violette serait encore bien plus furieux d'être comparé à vous.

Elle décrocha le téléphone et appuya sur le bouton de l'interphone.

— Steven, dit-elle, j'ai besoin de vous.

Le temps qu'elle repose le combiné sur sa fourche, Steven était là. Vif, souple, costaud. Et armé d'un calibre 38 Ruger Black Hawk.

— Je crois qu'il a un revolver, Steven, dit Patricia Utley.

— Oui, dit Steven, sur la hanche droite, je l'ai repéré quand il est arrivé. Je le lui prends ?

Steven tenait le Ruger contre sa jambe, le canon dirigé vers le sol. Tout en parlant, il se tapotait négligemment la cuisse avec.

— Non, répondit Patricia Utley, contentez-vous de raccompagner monsieur, je vous prie.

Steven me montra la porte.

— Décampez, dit-il.

Je regardai Patricia Utley. Elle avait repris ses couleurs. Elle était calme, posée, gracieuse. Ne trouvant rien à dire, je décampai.

Dehors, il faisait une belle soirée d'été. La nuit

était tombée, la délicate teinte bronzée avait disparu. Et, dans le Centre, l'East Side était paisible. Je marchai jusqu'à la Cinquième Avenue et pris un taxi pour regagner mon motel de la ville haute. Le West Side était un peu plus bruyant et infiniment moins suave. Dans ma chambre, je branchai le climatiseur, allumai la télévision et allai prendre une douche. Lorsque je sortis de la salle de bains, le poste diffusait un match de base-ball. Je m'allongeai sur le lit et regardai jouer les Yankees.

Etait-ce Lester ? Etait-ce Maynard utilisant Lester comme homme de paille ? Il fallait que ce soit quelque chose dans ce goût-là. Il ne pouvait pas s'agir de coïncidences, il y en aurait eu vraiment trop. La rumeur selon laquelle Rabb truquerait des parties, le passé de son épouse, Marty plus ou moins au courant de ce passé (il m'avait menti sur les circonstances de son mariage), l'intervention de Lester Floyd posant des questions sur l'épouse et le nom de Lester Floyd figurant sur la liste de souscripteurs. Tout cela se tenait. Lester ou Maynard avait reconnu Linda Rabb dans le film et mis le grappin sur le mari. Je ne pouvais pas le prouver, mais je n'avais pas à le prouver. Je pouvais dire à Erskine que, apparemment, Rabb était entre les mains d'un maître chanteur ; Erskine irait trouver le District Attorney, et on procéderait à une enquête. Je pouvais aussi me procurer une copie du film et la montrer à Erskine, après quoi nous prendrions Rabb entre quatre-z-yeux et nous lui parlerions de la parfaite intégrité du baseball et de ses devoirs envers le sport et la jeunesse américaine. Et je pourrais tirer l'échelle.

Mais je ne ferais rien de tout cela, et j'en eus conscience aussitôt que je commençai à y réfléchir.

Le match de base-ball connut les prolongations, et les Yankees finirent par se faire battre. Milwaukee, qui était venu jouer sur leur terrain, s'était mieux débrouillé à New York que moi.

15

Je passai un bon bout de temps à me demander comment je pourrais obtenir de Patricia Utley la bande originale des *Joies de la banlieue,* ce qui fait que je ne dormis guère avant quatre heures du matin. Ensuite, je ne pensai plus à rien jusqu'à dix heures. Il était 10 h 20 et j'étais en train de me raser lorsqu'on frappa à ma porte. J'allai ouvrir avec une serviette autour des reins et me trouvai en face d'un groom portant un petit paquet carré.

— Monsieur Spenser ?

— Oui.

— Un monsieur m'a prié de vous remettre ceci.

Je pris le paquet et allai chercher un peu de monnaie sur la commode pour le groom. Il me remercia et s'esquiva. Je refermai la porte, m'assis sur mon lit et ouvris le paquet. Il contenait une bobine de film et une lettre dactylographiée sur papier blanc parcheminé.

Spenser,

Ceci est la bande originale des *Joies de la banlieue.* J'ai détruit les deux dernières copies en ma possession. D'après mes livres, une copie a été vendue au monsieur dont nous avons parlé hier soir. Il y en a dix autres en circulation, mais vous n'avez aucun souci à vous faire à leur sujet. C'est avec le monsieur ci-dessus mentionné que vous aurez à traiter. J'espère que vous y parviendrez.

Ce que je fais là est contraire à tous les usages commerciaux et m'a coûté beaucoup plus que le manque à gagner. Violette ne l'aurait pas fait.

Bien à vous
Patricia C. Utley

Elle avait signé à la main avec un feutre noir, et sa signature était si nette qu'on l'aurait crue tapée à la machine. J'avais gâché inutilement une nuit blanche.

Je sortis le Bottin des professions de la table de nuit et cherchai dans la rubrique « Matériel photographique » l'adresse d'un magasin proche du motel susceptible de me louer un projecteur de cinéma. Il allait falloir que je regarde ce film. Si jamais il se révélait être un documentaire sur les dangers de la circulation ou la prévention des maladies vénériennes, j'aurais vraiment l'air fin. Patricia Utley n'avait aucune raison particulière de me mentir, mais je tablais trop sur l'authenticité de ce film pour m'aventurer plus loin sans avoir vérifié.

Après avoir avalé de médiocres œufs bénédict dans la cafétéria de l'hôtel, je sortis louer mon projecteur et le rapportai en jetant des regards furtifs dans la Cinquante-septième Rue, comme si j'avais toutes les lignes de moralité à mes trousses. Dans l'ascenseur, je m'efforçai d'avoir l'air d'un cadre supérieur se rendant à une réunion de représentants. Dans ma chambre, je posai le projecteur sur le chevalet à bagages, fermai les rideaux, éteignis la lumière et m'assis sur le lit. Le projecteur ronronna et le film apparut sur le mur nu.

Patricia avait dit vrai, c'était de la belle ouvrage. Les couleurs étaient excellentes, même sur le mur beige. Je n'avais pas pris d'équipement sonore. Le générique était du travail de professionnel, le décor était bien éclairé et très réaliste. L'intrigue, telle que je la compris sans le son, concernait une ménagère frustrée par sa religion, ses enfants et son existence popote, qui, pour se libérer du carcan qui l'étouffait, avait recours au procédé vieux comme le monde des traditionnels contacts charnels. La ménagère était Linda Rabb.

En l'observant dans la pénombre de ma chambre d'hôtel, je me trouvai dégoûtant. Un homme mûr, tout seul dans un motel, en train de reluquer un film porno. En sortant de là, il ne me resterait plus qu'à descendre jusqu'à la Quarante-deuxième Rue et à glisser des pièces de monnaie dans la fente des cinémas automatiques des sex-shops. Aussitôt que le premier acte sexuel eut établi avec certitude de quoi il retournait, j'arrêtai le projecteur et rembobinai le film. Je me rendis dans la salle de bains, dévidai la pellicule de sa bobine et la mis dans la baignoire. J'allai chercher sur la table de chevet la pochette d'allumettes gracieusement offerte par la direction du motel et mis le feu au film. Lorsqu'il se fut consumé, j'ouvris la douche et fis disparaître les cendres dans la vidange. Il était près de midi lorsque je quittai l'hôtel. Avant de prendre la navette pour regagner Boston, je voulais visiter le Metropolitan Museum. Je fis arrêter le taxi qui m'y conduisait devant un fleuriste, et envoyai une douzaine de roses à Patricia Utley. Ayant déposé mon sac de voyage au vestiaire du musée, je passai l'après-midi à déambuler de salle en salle, le nez en l'air, et à admirer des tableaux en plissant les paupières, déjeunai à la buvette, me rendis en taxi à La Guardia et attrapai l'avion de six heures pour Boston. A sept heures et quart, j'étais chez moi.

Mon appartement était aussi vide que je l'avais laissé, mais il sentait davantage le renfermé. J'ouvris toutes les fenêtres, sortis une canette d'Amstel du réfrigérateur et m'assis devant la baie du living-room pour la boire. Au bout d'un moment, j'eus faim et gagnai la cuisine. Il n'y avait rien à manger. Je bus une autre Amstel et, en cherchant bien, dégotai un demi-paquet de pain complet derrière ma réserve de bière, tout au fond du réfrigérateur, et un pot de beurre de cacahouète non entamé dans le placard. Je me préparai deux sandwichs au beurre de cacahouète, les posai sur une assiette, ouvris une nouvelle bouteille de bière, allai me rasseoir devant la fenêtre et contemplai la vue en mangeant les sandwichs et en buvant la bière. Piètre festin.

A neuf heures et demie, je me mis au lit, lus un autre chapitre de l'*Histoire* de Morison et m'endormis. Je fis un rêve bizarre, dans lequel des colons disputaient un match de base-ball contre les Britanniques. Je jouais dans l'équipe des colons, et j'envoyais toutes mes balles hors jeu. Le matin, je me réveillai déprimé.

J'avais laissé tomber l'entraînement pendant mes déplacements, et mon corps éprouvait un impérieux besoin d'exercice. J'allai jogguer le long du fleuve et travailler au gymnase de l'université. Après quoi, une fois douché et habillé, je ne me sentis plus déprimé. En fin de compte, ce n'est pas un drame d'envoyer une balle hors jeu. Cela peut arriver aux plus grands champions.

J'arrivai à la *Yorktown Tavern* vers dix heures. Les poivrots étaient déjà à leur poste, isolés les uns des autres, fumant des cigarettes, buvant un coup de raide et un demi, regardant *Faites vos prix* à la télé ou contemplant le fond de leur verre. Au fond de la salle, dans le dernier box, Lennie Seltzer s'était installé pour la journée. Il lisait le *Globe*. Le *Herald American* et le *Daily News* de New York étaient pliés sur la table, devant lui, et il avait un verre de bière à portée de la main droite. Ce jour-là, il était vêtu d'un complet trois-pièces à grands carreaux beiges et il sentait le patchouli.

— Comment vont les affaires, petit ? me demanda-t-il lorsque je me glissai en face de lui.

— Pas de quoi pavoiser, dis-je. (Il essaya d'attirer l'attention du barman, mais je secouai la tête.) Pas à dix heures du matin, Len.

— Pourquoi, c'est aussi bon qu'à une autre heure. C'est même meilleur, à mon avis.

— C'est bien ce qui me fait peur. J'ai eu assez de mal à rester sobre jusqu'ici.

— C'est une question de cadence, petit, uniquement une question de cadence. Regarde-moi. Je bois une petite gorgée de bière et je la laisse reposer, et puis j'en bois une autre et je la laisse reposer, et je continue comme ça toute la journée sans être incommodé. Le soir, quand je rentre à la maison retrouver ma bourgeoise, je suis aussi sobre qu'une bonne sœur, parole. (Il but une gorgée de bière pour illustrer sa méthode et reposa le verre exactement sur l'auréole que celui-ci avait laissée sur la table.) Tu as découvert si Marty Rabb s'était fait arroser pour truquer des matches ?

Je secouai la tête.

— Non, mais j'ai besoin de quelques tuyaux sur les gens qui parient sur ces matchs.

— Je t'écoute.

— Un certain Lester Floyd. Ça te dit quelque chose ?

Seltzer fit signe que non.

— Et Bucky Maynard ?

— L'annonceur de la télé ?

— Oui. Floyd est son ordonnance.

— Son quoi ?

— Son ordonnance, comme dans l'armée anglaise : chaque officier avait son ordonnance, son domestique personnel.

— Tu lis trop de bouquins, Spenser. J'ai jamais connu personne qui sache autant de trucs inutiles.

— On n'est jamais trop instruit.

— Bah, c'est des conneries. Qu'est-ce que tu veux savoir sur Maynard et... comment s'appelle-t-il, déjà ?

— Lester Floyd. Je veux savoir si l'un d'eux, ou tous les deux, parient sur le base-ball, et, si c'est le cas, sur quels matchs ils parient. Et de quel ordre sont leurs enjeux.

Seltzer hocha la tête.

— D'accord, je te tiendrai au courant.

16

Lennie Seltzer me téléphona deux jours plus tard à mon bureau.

— A ma connaissance, dit-il, ni Maynard ni Floyd ne font jamais le moindre pari.

— Merde.

— Ça fout tes déductions par terre ?

— Oui. Tu es sûr de tes tuyaux ?

— Autant qu'on peut l'être. On peut toujours se gourer, évidemment, mais ça fait un bail que je suis dans le bain.

— Vacherie.

— Il paraît que Maynard était drôlement flambeur, il y a quelque temps. Il a fini par avoir une ardoise longue comme ça chez un book et, comme il ne pouvait pas la payer, le book a vendu sa créance à un usurier. Une bonne affaire, a dit le book. L'usurier la lui a rachetée sur la base de soixante-dix *cents* pour un dollar.

— Tiens, tiens, murmurai-je.

— Tu dis ?

— Rien, je réfléchissais tout haut. Comment s'appelle cet usurier ?

— Wally Hogg. Walter Hogarth de son vrai nom. Il travaille pour Frank Doerr.

— Un petit gros qui fume le cigare ? demandai-je.

— C'est ça, tu le connais ?

— Nous nous sommes rencontrés. Il travaille à plein temps pour Doerr, ou bien il opère quelquefois pour son propre compte ?

— Je n'ai jamais entendu dire qu'il ait fait une affaire tout seul. J'ai jamais entendu dire non plus que les types dans mon genre avaient intérêt à parler de Frank Doerr.

— Oui, je sais, Lennie. Bon, je te remercie.

Il raccrocha. Je restai un instant le combiné à la main, les yeux au plafond. Soixante-dix *cents* pour un dollar. C'était bien payé. Il fallait que Doerr ait confiance dans la solvabilité de Maynard. Je regardai ma montre : 11 h 45. J'avais rendez-vous avec Brenda Loring au jardin public, pour déjeuner sur l'herbe. Son dada. J'enfilai mon veston, fermai le bureau et sortis.

Lorsque j'arrivai au jardin, elle était déjà là, assise sur le gazon près du lac aux pédalos, une grande banne à pique-nique en osier à côté d'elle.

— Une banne ? dis-je. Une vraie banne à pique-nique en osier comme dans les livres de Dickens ?

— J'estime que c'est moi que tu devrais admirer en premier, dit-elle, et le panier à provisions en second. J'ai toujours eu des doutes sur ton échelle des valeurs.

— Tu es positivement à croquer et je te dévore des yeux.

— Décidément, tu es obsédé par la nourriture. (Elle portait une robe de toile bleu ciel et un immense chapeau de paille blanche, et tous les jeunes cadres qui se baladaient dans les parages avec leur casse-croûte planqué dans leur attaché-çase la reluquaient au passage.) Parle-moi de tes voyages.

— J'ai mangé une tarte aux mûres du tonnerre dans l'Illinois et un canard rôti de première à New York.

— Bravo, j'en suis ravie pour toi. As-tu également découvert quelques indices ?

Tout en parlant, elle ouvrit la banne et en tira une nappe à carreaux rouges et blancs qu'elle étala entre nous. Il n'y avait pas un souffle de vent, et la nappe resta bien à plat sur le sol.

— Oui, j'ai appris des tas de choses, et elles sont toutes défavorables. Il me semble. Pour l'instant, c'est assez confus.

Elle sortit de la banne des assiettes en papier bleu vernissé et les posa sur la nappe.

— Raconte, cela te permettra peut-être d'y voir plus clair.

Je regardai dans la banne.

— C'est du vin que j'aperçois dans le fond ? demandai-je.

— Un peu de patience. Je me suis donné un mal de chien pour ranger les choses dans l'ordre, afin de t'en mettre plein la vue en les sortant les unes après les autres. Je ne vais pas te laisser tout bousiller.

— C'est mon flair. N'oublie pas que je suis un détective expérimenté.

— Parle-moi de ton voyage. (Elle fit apparaître deux jeux de couverts, apparemment en argent.)

— D'accord. Rabb a un bon mobile pour truquer un match par-ci par-là.

— Oh, quel dommage !

— Oui. Madame Rabb n'est pas ce qu'elle paraît être. C'est une fille qui sort d'un trou du Midwest, où elle a fumé un peu d'herbe avant de fuguer avec le mauvais garçon du coin, à l'âge de dix-huit ans. Elle est partie pour New York, où elle a d'abord été putain, puis actrice. Elle jouait des rôles déshabillés dans des films vendus par correspondance. Elle a commencé par faire le tapin et fréquenter les hôtels de passe, puis elle s'est élevée dans l'échelle sociale en devenant call-girl dans une entreprise de prostitution de luxe, dirigée, au moins en apparence, par une femme du monde qui habite un magnifique hôtel particulier de l'East Side. Je pense que c'est là qu'elle a fait la connaissance de son mari.

Brenda posa deux gobelets devant nous et me tendit une bouteille de rosé et un tire-bouchon.

— Tu veux dire qu'il était... comment dit-on : client ?

— Oui, j'en ai l'impression. Comment veux-tu que je parle en ouvrant une bouteille de vin ? Tu connais ma faculté de concentration.

— Je me suis laissé dire que tu étais incapable de marcher et de siffler en même temps. Commence par ouvrir la bouteille, tu parleras pendant que je servirai le vin.

Je débouchai la bouteille et la lui tendis.

— Voyons, dis-je, où en étais-je ?

— Quel cerveau ! Tu disais que Marty Rabb avait connu sa femme alors qu'elle exerçait à son profit ses activités professionnelles, comme nous dirions, nous autres sociologues.

— Des mots, des mots, dis-je, quelle toile magique on tisse avec les mots. Oui, c'est ce que je crois.

— Comment le sais-tu ? (Elle se versa un demi-verre de vin.)

— Eh bien, il cache le passé de sa femme. Il m'a menti sur la façon dont il avait fait sa connaissance et sur l'endroit où il l'avait épousée. J'ignore jusqu'à quel point il est au courant, mais il sait quelque chose.

Brenda sortit un pain de mie du panier et le dépouilla de son emballage transparent.

— Au germe de blé ? demandai-je.

Elle acquiesça et posa le pain sur l'une des assiettes en papier.

— Tu as découvert autre chose ? dit-elle.

— Oui. L'une des copies du film dans lequel elle a tourné a été vendue à Lester Floyd. (Elle eut l'air perplexe.) Lester Floyd est le grouillot de Bucky Maynard, et Bucky Maynard, au cas où tu l'aurais oublié, est le commentateur attitré des Red Sox.

— Qu'est-ce que c'est qu'un grouillot ?

— Un larbin. Un type qui fait les courses, qu'on envoie chercher du café, ou des cigarettes, ou n'importe quoi.

— Et tu penses que Maynard l'a envoyé chercher le film ?

— Oui, c'est possible. En tout cas, disons que Bucky a vu le film et qu'il a reconnu Mme Rabb. C'est de la dinde fumée ?

Brenda hocha la tête et sortit du panier un melon et quatre nectarines.

— Eh bien, espérons qu'elle l'ignore, dit-elle.

— Espérons, mais je pense qu'elle le sait. Et que Marty le sait aussi.

— Un chantage quelconque ?

— Oui. J'ai commencé par croire que Maynard ou ce guignol de Lester obligeait Rabb à truquer une partie de temps en temps, histoire de se remplir les poches chez les bookmakers. Mais il semble qu'ils ne jouent ni l'un ni l'autre, au moins actuellement, et j'ai appris que Maynard devait de l'argent à un usurier.

Une grosse part de fromage de Monterey sortit de la banne, suivie d'un petit vase de cristal contenant une seule rose, que Brenda posa au milieu de la nappe.

— Cette banne me fait penser à la voiture des clowns, au cirque. Je m'attends à voir le sommelier en jaillir avec sa clef d'or et demander si Monsieur est satisfait du vin.

— Mange, dit-elle.

J'avais la bouche pleine de pain au germe de blé lorsque Brenda demanda :

— Quelle place cet usurier occupe-t-il dans le tableau ?

— Phnumph, répondis-je.

— On ne parle pas la bouche pleine, dit Brenda. J'attendrai que tu aies avalé et repris le contrôle de toi-même.

Je bus un peu de vin et déclarai :

— Mes compliments au chef.

— Le chef, dit-elle, est Bert Heidemann, le marchand de comestibles de Newbury Street. Je lui ferai part de ta satisfaction.

— L'intervention de l'usurier me fait penser que Maynard ne peut peut-être pas régler ses créanciers, qu'ils l'ont menacé des pires sévices s'il ne s'acquittait pas de sa dette, et qu'il leur a refilé Rabb en échange.

— Qu'est-ce que cela signifie : il leur a refilé Rabb ?

— Eh bien, supposons que Maynard doive une grosse somme à l'usurier et qu'il ne puisse pas le rembourser, qu'il ne puisse pas payer la rallonge...

— La quoi ?

— La rallonge, les intérêts. Un bon usurier peut te faire payer des intérêts jusqu'à la fin de tes jours sans que la dette diminue jamais... comme dans un placement à intérêts composés. Quoi qu'il en soit, supposons que Maynard soit incapable d'honorer ses échéances. Les usuriers comme Wally Hogg sont des gens terrifiants. Ils vous menacent de vous briser les os, de vous rôtir la plante des pieds à la lampe à souder, voire de vous couper un doigt chaque fois que vous manquerez un payement.

Brenda frissonna et me fit la grimace.

— Bon, d'accord, je sais. Imaginons Maynard dans cette situation, et voilà qu'une aubaine inespérée lui tombe du ciel : Madame Rabb dans le film porno. Il dit à l'usurier qu'il a la possibilité de contrôler les matches dans lesquels Marty Rabb lance, et comme Rabb est probablement le meilleur lanceur actuel, l'usurier et ses patrons ramasseront un joli paquet de pognon net d'impôts s'ils l'ont dans leur manche.

— La question est de savoir si Rabb accepterait, dit Brenda. Parce qu'il serait évidemment dans une situation gênante, mais la révolution sexuelle a eu lieu. Je suis sûre que, de nos jours, personne ne lapiderait plus sa femme.

— Ce ne serait peut-être pas très grave si elle avait épousé un homme exerçant une autre profession, mais le milieu du base-ball est plus conservateur que tous les habitants de Buffalo réunis. Et Rabb a des principes intransigeants : un homme doit protéger sa famille, quoi qu'il advienne.

— Même s'il lui faut pour cela perdre volontairement des parties ? Et l'esprit d'équipe ? Tu connais le dicton : gagner n'est pas la chose la plus importante, c'est la seule qui ait de l'importance. Est-ce que cela ne lui poserait pas un problème ?

— Ça, ce n'est pas le véritable esprit d'équipe, c'est ce que les gens qui ne connaissent rien à l'esprit d'équipe s'imaginent être l'esprit d'équipe. Le véritable esprit d'équipe est beaucoup plus compliqué que cela.

— Oh oh, nous sommes bien susceptibles au sujet de l'esprit d'équipe, on dirait ?

— Je ne parlais pas pour toi.

— Tu n'as peut-être pas encore dépassé le stade de l'esprit d'équipe.

— Je n'ai peut-être pas envie de le dépasser. Un de ces jours, il faudra que je te fasse ma conférence unanimement applaudie sur l'authentique esprit d'équipe. L'important, c'est que Rabb, si je ne me suis pas trompé du tout au tout sur son compte, se trouve dans une situation inextricable. Quelle que soit la solution qu'il adopte, elle est en contradiction avec ses principes. Il se sent moralement tenu de jouer au base-ball de son mieux et de protéger sa famille de son mieux. Pour lui, ces deux obligations ont probablement un caractère absolu et, lorsqu'elles entrent en conflit, le problème doit être insoluble.

Brenda but un verre de vin et me regarda sans rien dire.

— Quinze *cents* pour tes pensées, si tu acceptes les cartes de crédit.

Elle sourit.

— Tu parais prendre cette affaire bien à cœur. Peut-être te sens-tu également concerné. Cela ne m'étonnerait pas outre mesure.

Je lui fis un clin d'œil égrillard.

— Tu veux que je te parle du film dans lequel jouait Madame Rabb et de ce qu'elle y faisait ?

— Tu penses que j'ai besoin de m'instruire ? demanda Brenda.

— Quand on cesse d'apprendre, on cesse de progresser.

— Et tu as adroitement détourné la conversation, n'est-ce pas ?

A ce moment-là, je m'étais une fois de plus qualifié

pour l'admission au club des assiettes vides et nous avions entamé une deuxième bouteille de vin.

— Tu es obligée de retourner au boulot ? demandai-je.

— Non, j'ai pris mon après-midi. J'avais l'intuition que le déjeuner se prolongerait.

— Parfait, dis-je, et je remplis encore mon verre.

17

Le lendemain matin, lorsque je déposai Brenda Loring devant chez elle, à Charles River Park, le temps était au beau fixe. Le fleuve était d'un bleu vigoureux, optimiste, et l'agent de service à Leverett Circle réglait la circulation en sifflotant *Buttons and Bows*. Sur la rive opposée, Cambridge paraissait toute pimpante, nettement découpée sur le ciel. Je contournai Leverett Circle et pris Storrow Drive en direction de l'ouest. Le trafic matinal battait encore son plein, et il me fallut vingt minutes pour atteindre Church Park. J'avais téléphoné à Linda Rabb avant de partir de chez moi, et elle m'attendait. Marty était en déplacement à Oakland avec le club.

— Café, Monsieur Spenser ? me proposa-t-elle à mon arrivée.

— Oui, avec plaisir.

Il était déjà servi sur la table basse, accompagné d'un assortiment de petits pains à la farine de maïs, fourrés aux airelles et aux myrtilles, ceux que je préfère. Linda était vêtue d'un jean bleu ciel et d'un chemisier à rayures bleues et roses, avec un foulard rose noué dans le col ouvert, et chaussée de mules en daim bleu à semelles de liège. Elle portait à la main droite une bague de fiançailles sertie d'un diamant en forme de cœur assez gros pour lui fatiguer le bras, et, à la main gauche, une large alliance d'or toute simple. Un petit garçon qui ressemblait à son père tournait autour de la table en louchant sur les petits pains, mais n'osant pas en escamoter un sous mon nez. Je pris l'assiette et la lui tendis, ce qui provoqua la retraite précipitée du bambin derrière les jambes de sa mère.

— Marty junior est timide, Monsieur Spenser, dit Linda. (Elle se tourna vers son fils.) Qu'est-ce que tu préfères, Marty, les airelles ou les myrtilles ? (L'enfant se blottit contre la cuisse de sa mère et marmonna quelque chose que je ne compris pas. Linda Rabb prit un petit pain aux myrtilles et le lui donna.) Va donc chercher tes crayons de couleur et apporte-les ici. Tu feras des dessins pendant que je causerai avec Monsieur Spenser. (Nouveau bredouillement inintelligible du gosse.) C'est bon, Marty, viens, nous allons aller les chercher ensemble. Excusez-moi, Monsieur Spenser.

Ils sortirent, l'enfant cramponné à la jambe de pantalon de Linda Rabb. Pas étonnant qu'autant de mères de famille finissent par picoler dès le matin. Ils revinrent au bout d'un instant avec un bloc de papier vergé jaune format ministre et une boîte de crayons de couleur. Le gosse s'installa par terre, à côté du fauteuil de sa mère, et commença à dessiner des bonshommes de diverses couleurs, avec une prédominance d'orange.

— Et maintenant, que puis-je faire pour vous, Monsieur Spenser ? s'enquit Linda Rabb.

Je n'avais pas prévu la présence de l'enfant.

— Eh bien, c'est un peu compliqué, Madame Rabb. Il vaudrait peut-être mieux que je revienne à un moment où votre fils...

Je ne terminai pas ma phrase. J'ignorais dans quelle mesure l'enfant comprendrait, et je ne désirais pas qu'il sache que je ne voulais pas parler devant lui.

— Oh, cela n'a pas d'importance, Monsieur Spenser. Marty n'est pas gênant. Il ne s'occupe pas de ce que nous disons.

— Eh bien, c'est assez délicat, je ne sais pas...

— Pour l'amour du ciel, Monsieur Spenser, dites ce que vous avez à dire. Croyez-moi, vous pouvez parler librement.

Je bus une gorgée de café.

— Bon, je vais vous dire deux choses. Vous déciderez ensuite si nous devons poursuivre cet entretien. Premièrement, je ne suis pas écrivain, mais détective privé. Deuxièmement, j'ai vu un film intitulé *les Joies de la banlieue.*

Elle posa la main sur la tête de son fils. En dehors de cela, elle ne fit pas un geste, mais son visage blêmit et ses traits se crispèrent.

— Qui vous a engagé ? demanda-t-elle.

— Erskine, mais la question n'est pas là. Vous n'avez rien à craindre de moi.

— Pourquoi ?

— Pourquoi Erskine m'a-t-il engagé ? Il voulait que je découvre si votre mari était impliqué dans le truquage de matches de base-ball.

— Seigneur Dieu, dit-elle. (Le gosse leva les yeux vers elle. Elle sourit.) Quelle jolie famille vous décrivez là. Il y a la maman, le papa et le bébé.

— Vous préférez que je revienne à un autre moment ? demandai-je.

— Vous n'avez aucune raison de revenir, répondit Linda Rabb. Je ne suis au courant de rien. Je ne sais pas de quoi vous parlez.

— Madame Rabb, dis-je, vous savez très bien de quoi je parle. Actuellement, vous êtes affolée et vous ne savez que dire, alors vous vous contentez de nier en espérant que, si vous continuez à nier, cela finira par devenir vrai. Mais nous avons un tas de choses à nous dire.

— Non.

— Si. Je ne peux pas vous aider si je ne sais pas à quoi m'en tenir.

— Ce n'est pas pour nous aider qu'Erskine vous a engagé.

— Je n'en suis pas certain. Quoi qu'il en soit, je peux toujours lui rembourser son argent.

— Nous n'avons besoin d'aucune aide.

— Si, vous en avez besoin.

Le gosse recommença à tirer sur la jambe de pantalon de sa mère et tendit son dessin.

— C'est très joli, Marty, dit Linda. C'est un toutou ?

Le gosse se tourna vers moi et me montra le dessin.

— Cela me plaît beaucoup, dis-je. Tu veux bien m'expliquer ce que ça représente ?

Le gosse secoua la tête.

— Non, dis-je, je te comprends. Moi non plus, je n'aime pas tellement parler de mon travail.

— Marty, dit Linda Rabb, dessine une maison pour le toutou.

Le gosse se remit au boulot. Je remarquai qu'il tirait la langue en dessinant.

— Même si nous avions besoin d'aide, qu'est-ce que vous pourriez faire ? dit Linda Rabb.

— Cela dépend de ce qui se passe exactement. Mais c'est mon métier. Je suis sûr que je m'en tirerais mieux que vous.

Ma tasse à café était vide. Linda Rabb se leva et la remplit. Je pris un petit pain — le troisième — en espérant qu'elle ne le remarquerait pas.

— Il faut que j'en parle à Marty, dit-elle.

Je mordis dans mon petit pain. j'aurais probablement dû commencer par le rompre. Susan Silverman me dit toujours qu'on ne doit pas porter de gros morceaux à sa bouche, entre autres conseils. Linda Rabb ne le remarqua pas. Elle regardait sa montre.

— L'après-midi, Marty junior passe deux heures au jardin d'enfants. (Elle regarda le téléphone, puis le gosse, puis encore sa montre, et tourna enfin les yeux vers moi.) Vous pourriez revenir un peu après une heure.

— Entendu.

Je me levai et me dirigeai vers la porte. Linda Rabb m'accompagna. Le gosse suivit le mouvement, tout contre la jambe de sa mère, mais sans s'y cramponner. En partant, je pointai mon index vers lui en redressant le pouce comme un chien de revolver. Il me regarda en silence et ne réagit pas. Il ne fila pas non plus se cacher. J'ai toujours eu la manière avec les enfants.

Dehors, dans Massachusetts Avenue, je consultai ma montre : 11 h 35. Une heure et demie à perdre. Le cercle de l'Y.M.C.A. de Huntington Avenue, dont je suis membre, était tout proche, et son gymnase avait tous les équipements voulus pour une séance complète d'entraînement, y compris le travail à l'extenseur et toute la gamme des exerciseurs. Lorsque j'eus pris une douche et me fus rhabillé, mon pouls était retombé en dessous de 100 et ma respiration était presque normale. A 1 h 15, j'étais à nouveau devant la porte de Linda Rabb. Elle m'ouvrit au premier coup de sonnette.

— Marty est à l'école, Monsieur Spenser. Nous pouvons parler librement.

18

Le café et les petits pains avaient disparu.

— Est-ce qu'il a plu quelque part ? demanda Linda Rabb. Vos cheveux sont tout mouillés.

— J'ai pris une douche, dis-je. Je suis allé m'entraîner à l'Y.M.C.A.

— Oh, félicitations.

— Un esprit sain dans un corps sain, telle est ma devise.

— Pourrais-je voir vos papiers, Monsieur Spenser ?

Je sortis le photostat de ma licence dans son étui de plastique et le lui tendis. J'y joignis mon permis de conduire. Elle les examina tous les deux et me les rendit.

— J'ai l'impression que vous êtes vraiment un détective.

— Merci. Il y a des moments où j'ai besoin qu'on me le confirme.

— Qu'est-ce que vous savez au juste, Monsieur Spenser ?

— Je suis allé à Redford, dans l'Illinois. J'ai vu le shérif Donaldson, j'ai causé avec vos parents. Je sais que vous avez été arrêtée là-bas pour détention de marijuana. Je sais que vous avez filé avec un certain

Tony Reece et que vous n'avez jamais remis les pieds au patelin. Je sais que vous vous êtes rendue à New York, que vous avez logé dans un garni de la Treizième Rue, dans l'East Village, et que vous avez fait le tapin pour vivre, d'abord au profit de ce brave Tony, ensuite pour le compte d'un maquereau appelé Violette. Je sais que vous avez changé de quartier, que vous êtes allée travailler pour Patricia Utley, que vous avez tourné dans un seul film pornographique, que vous êtes tombée amoureuse de l'un de vos clients, et que vous avez quitté Madame Utley pour aller vous marier, durant l'hiver 1970, vêtue d'un ravissant manteau de tweed à col de fourrure. J'arrive de New York, où j'ai causé avec Violette et Patricia Utley. J'ai préféré Madame Utley.

— Oui, dit Linda Rabb sans aucune expression, moi aussi. Vous m'avez vue dans le film ?

— Oui.

Elle regardait par la fenêtre, pas de mon côté.

— Cela vous a plu ?

— Je vous ai trouvée très jolie.

Ses yeux restèrent fixés sur la fenêtre où il n'y avait rien à voir, en dehors de la coupole de l'Eglise mère du Christ scientiste. Je gardai le silence.

— Qu'est-ce que vous attendez de moi ? finit-elle par demander.

— Je ne sais pas encore. Je vous ai dit ce que je savais. Maintenant, je vais vous dire ce que je crois. Je crois que le client que vous avez épousé était Marty. Je crois que quelqu'un qui vous connaît a mis la main sur *les Joies de la banlieue* et vous fait chanter, Marty et vous, et je crois que Marty fausse certaines des parties dans lesquelles il lance, de façon à ce que le maître chanteur, quel qu'il soit, puisse parier à coup sûr et se remplir les poches.

De nouveau, le silence et les yeux fixés sur la fenêtre. J'envisageai de changer de place pour intercepter son regard.

— Si seulement je n'avais pas fait ce film, dit-elle. Pour moi, c'était une sorte de trêve, un répit dans une longue suite de passes avec des inconnus. Je veux dire que, dans ce film, je me livrais à divers actes sexuels, évidemment, mais c'était de la comédie. C'était toujours de la comédie, bien sûr, mais, dans le film, j'étais censée jouer un rôle, et l'homme jouait également un rôle, et nous étions entre gens de connaissance. Je n'étais pas obligée de me rendre toute seule dans une chambre d'hôtel anonyme et de faire la conversation à quelqu'un que je n'avais jamais vu, en me demandant si ce n'était pas un dingue, vous comprenez ? Parce qu'il y en a qui sont dingues. Seigneur, vous ne pouvez pas savoir ce que c'est.

Elle détourna ses yeux de la fenêtre et les posa sur moi. J'eus envie de regarder par la fenêtre.

— Un seul film, dit-elle. Un seul et unique film, bien payé, dans un studio impeccable, sans sadisme, ni masochisme, ni parties carrées, et, juste après, j'ai fait la connaissance de Marty.

— A New York ?

— Oui, son équipe était venue jouer contre les Yankees, et l'un de ses coéquipiers avait organisé une petite partie fine. Madame Utley avait envoyé trois d'entre nous à leur hôtel. C'était la première fois que Marty couchait avec une putain. (Elle lâcha le mot brutalement, en me regardant dans les yeux.) Il a toujours été un garçon sérieux.

Nouveau silence.

— Marty était un peu éméché, il riait, il faisait des plaisanteries grivoises, mais quand nous nous sommes retrouvés en tête à tête, il ne savait plus où se mettre. Il a fallu que je l'aide. Et, après cela, nous nous sommes fait monter un repas et nous avons soupé en regardant un vieux film à la télé. Je m'en souviens encore : c'était un western avec James Stewart, *la Flèche brisée.* Quand je suis partie, il m'a embrassée en me disant bonsoir, et il était horriblement gêné de me payer.

— Et vous l'avez revu ?

— Oui, je lui ai téléphoné le lendemain à son hôtel. Il pleuvait, et le match contre les Yankees était annulé. Alors nous sommes allés au muséum d'Histoire Naturelle.

— Et ses deux coéquipiers de la veille ? Ils vous ont reconnue ?

— Non, ils m'avaient vue avec une perruque blonde et un maquillage différent. De toute façon, ils n'avaient pas fait très attention à moi. Personne ne regarde une putain. Quand j'ai retrouvé Marty, le lendemain, lui-même a commencé par ne pas me reconnaître.

— Quand vous êtes-vous mariés ?

— A la date que nous avons indiquée, mais pas dans les mêmes conditions. Marty et moi avons décidé de raconter que j'étais d'Arlington Heights, que nous nous étions connus à Chicago, etc. J'étais allée deux ou trois fois à Chicago et je connaissais la ville, au cas où quelqu'un me poserait des questions. Et nous y sommes retournés ensemble, avant de nous marier, nous sommes allés à Comishey Park, qui a d'ailleurs dû changer de nom depuis, et nous avons circulé un peu partout, pour que mon histoire ait l'air vraie.

— Où avez-vous dégoté le nom d'Arlington Heights ?

— Sur une carte routière.

Nous nous regardâmes. Le réfrigérateur bourdonnait discrètement dans la cuisine et, sur le palier, une porte s'ouvrit et se referma.

— Ce sacré film, dit-elle. Quand la lettre est arrivée, j'ai voulu dire la vérité à Marty, mais il ne m'a pas laissé parler.

— Quelle lettre ?

— La première lettre de chantage.

— Vous savez qui vous l'avait envoyée ?

— Non.

— Je suppose que vous ne l'avez pas conservée ?

— Non.

— Qu'est-ce qu'elle disait ?

— Je m'en souviens presque mot pour mot. Elle était adressée à Marty et disait : « Je possède une copie d'un film intitulé *les Joies de la banlieue*. Si vous ne perdez pas votre prochain match, je remettrai ce film aux médias. »

— C'est tout ?

— C'est tout. Pas de nom, pas d'adresse pour la réponse, rien.

— Alors ?

Linda Rabb parut déconcertée.

— Alors quoi ?

— Marty a perdu le match suivant ?

— Oui. Au septième tour de batte, alors que les Tigers occupaient toutes les bases, il a délibérément lancé une balle en dehors du cadre. Ce soir-là, je me suis réveillée au milieu de la nuit et Marty n'était pas couché à côté de moi. Il était dans le living-room, devant la fenêtre, et il pleurait.

Linda était très pâle et elle avait les yeux gonflés.

— Et vous avez encore voulu vous confesser.

— Oui. Mais il a dit non. Et j'ai dit : « Si tu

triches, tu en mourras. » Alors il a dit qu'un homme devait protéger sa femme et son enfant, et j'ai dit : « Mais cela te tuera. » Et il a refusé de discuter. Il a dit que c'était fait et qu'il n'y aurait peut-être pas d'autre lettre, mais nous savions tous les deux qu'il y en aurait une autre.

— Et il y a eu une seconde lettre.

Elle hocha la tête.

— Et puis il en est arrivé d'autres.

Elle hocha la tête.

— Et Marty a continué à faire ce que lui ordonnaient les lettres ?

Elle hocha une fois de plus la tête.

— Souvent ? demandai-je.

— Vous voulez savoir s'il arrivait souvent des lettres ? Non, pas très souvent. Marty lance en compétition environ trente-cinq fois par an. Il a reçu cinq ou six lettres l'année dernière, et trois depuis le début de cette année.

— Astucieux, dis-je. Le maître chanteur n'est pas trop gourmand. Vous vous doutez de son identité ?

— Non.

— C'est une combine formidable. Le chantage est dangereux quand la victime connaît le maître chanteur, ou au moment où celui-ci encaisse l'argent. Ici, il ne court aucun risque. Vous ne lui versez rien. Vous lui rendez un service, et il touche ailleurs. Comme cent mille personnes ont dû voir ce film, vous ne pouvez pas savoir qui il est. Il poste ses instructions, mise sur l'équipe adverse, et qui pourrait être au courant ?

— C'est ça.

— Et, par-dessus le marché, la façon dont vous achetez son silence constitue un délit susceptible de chantage, ce qui fait que plus vous accédez à ses requêtes, plus il a de motifs de vous faire chanter.

— Je le sais bien, dit-elle. S'il y avait le moindre soupçon de magouilles, Marty serait banni à vie des terrains de base-ball.

— Si l'on considère le procédé objectivement, c'est presque un chef-d'œuvre.

— Je ne l'ai jamais considéré objectivement.

— Non, je m'en doute. Marty est très éprouvé ?

— Assez, je crois. Il dit qu'on s'habitue à tout... C'est peut-être vrai.

— Et vous ?

— Ce n'est pas moi qui suis obligée de tricher dans mon métier.

— Non, mais c'est vous qui vous sentez responsable de ce qui arrive. Lui peut se dire qu'il fait cela pour vous. Et vous, qu'est-ce que vous vous dites ?

Ses yeux s'emplirent de larmes, et celles-ci commencèrent à couler le long de ses joues.

— Je me dis que ce ne serait pas arrivé s'il n'avait pas épousé une putain.

— Vous voyez bien. Vous ne préféreriez pas être à sa place ?

Elle ne me répondit pas. Immobile, les mains crispées sur ses genoux, elle pleurait en silence.

Je me levai et arpentai le living-room, les mains dans les poches. J'avais découvert ce que l'on m'avait chargé de découvrir, et j'avais gagné le salaire que l'on m'avait versé dans ce but.

— Vous avez téléphoné à votre mari ? demandai-je.

Elle secoua la tête.

— Il lance, aujourd'hui, dit-elle d'une voix calme, mais dépourvue d'inflexions. Je n'aime pas le déranger les jours où il lance. Je ne veux pas troubler sa concentration. C'est aux batteurs d'Oakland qu'il doit penser.

— Madame Rabb, le base-ball n'est tout de même pas une religion. A Oakland, votre mari n'est pas en train d'élever un sanctuaire au Tout-Puissant ou de bâtir un escalier conduisant au Ciel. Il lance une balle, et les autres s'efforcent de la rattraper. Tous les gamins du pays en font autant tous les jours dans toutes les cours de récréation.

— C'est la religion de Marty. C'est sa vie.

— Et vous, alors ?

— Le petit et moi, nous faisons aussi partie de sa vie... Le base-ball et la famille. Pour lui, il n'y a que cela qui compte. C'est pour ça qu'il en crève. Parce qu'il est obligé de nous sacrifier ou de sacrifier le base-ball. Ce qui équivaut à se sacrifier lui-même.

J'aurais dû être parti depuis longtemps. J'aurais dû me trouver dans le bureau d'Erskine, en train de lui exposer toute l'affaire et de toucher une prime, et peut-être de recevoir un insigne : *Détective officiel de l'American League.* Le pied-plat des stars. Mais je savais que je ne m'en irais pas. Je savais que j'irais jusqu'au bout, et je l'avais probablement compris dès Redford, lorsque je m'étais rendu à la maison natale de Linda et que j'avais fait la connaissance de ses parents.

— Je vais vous tirer de là, dis-je.

Elle ne me regarda pas.

— Je sais qui vous fait chanter.

Cette fois, elle me regarda.

19

Je lui exposai ce que je savais et ce que je croyais.

— Vous pourrez peut-être lui faire peur, dit-elle. Quand il comprendra que vous l'avez percé à jour, il s'arrêtera peut-être.

— S'il est sous la coupe de Frank Doerr, j'en doute.

— Pourquoi ?

— Parce qu'il a sûrement beaucoup plus peur de Frank Doerr qu'il n'aura jamais peur de moi.

— Vous êtes sûr qu'il agit pour le compte de ce Frank Machinchouette ?

— Je ne suis sûr de rien. Je suppose. Aussitôt que j'ai commencé à enquêter au club de base-ball, Doerr s'est pointé à mon bureau avec un de ses porte-flingue et m'a prévenu que si je continuais, je risquais de devenir une espèce en voie de disparition. Cela donne à réfléchir, mais ce n'est pas une preuve.

— Vous pouvez vérifier ?

— Peut-être.

— Marty gagne beaucoup d'argent. Nous pourrions vous payer. Quels sont vos tarifs ?

— La provision habituelle est deux petits pains à la farine de maïs et du café noir. Je facture le reste une fois la mission accomplie.

— Je parle sérieusement. Nous avons les moyens de payer.

— Comme dirait Jack Webb, vous m'avez déjà payé, m'dame.

— Merci.

— Il n'y a pas de quoi.

— Mais je ne veux pas que vous entrepreniez quoi que ce soit avant que Marty n'ait donné son accord.

— Hum. Ça, ce n'est pas couvert par votre provision. Je travaille toujours pour Erskine, et je continue à enquêter. Maintenant, je le fais dans l'intention de vous sortir du pétrin, mais vous ne pouvez pas me demander d'arrêter les frais.

— Mais vous ne parlerez pas de nous ?

Ses yeux étaient écarquillés, son visage était à nouveau pâle et crispé, et elle avait peur.

— Non, dis-je.

— Pas sans que Marty dise qu'il est d'accord.

— Pas sans vous avoir prévenus auparavant, vous et Marty.

— Ce n'est pas tout à fait la même chose.

— Je sais.

— Mais, Spenser, il s'agit de notre vie à nous. C'est avec nous que vous jonglez.

— Ça aussi, je le sais. Je serai aussi prudent que je le pourrai.

— Mais alors, bon sang, promettez.

— Non. Je ne vous promets rien, parce que je ne suis pas sûr de réussir. Je ne peux pas prévoir l'avenir. Il se peut que je sois obligé de dévoiler le pot aux roses pour des raisons que j'ignore actuellement. Mais si je dois en arriver là, je ne le ferai pas sans vous avoir prévenus.

— Mais vous ne voulez pas promettre.

— Je ne peux pas promettre.

— Pourquoi, nom d'un chien ?

— Je viens de vous le dire.

Elle secoua brusquement la tête, comme si un taon s'y était posé.

— Foutaise, dit-elle. J'exige une meilleure raison que celle-là pour briser notre vie.

— Je ne peux pas vous donner une meilleure raison. J'ai l'habitude de tenir mes promesses, et je ne veux pas en faire une que je ne suis pas sûr de tenir. Pour moi, c'est important.

— Foutaise, foutaise, foutaise. (Elle était penchée en avant, et ses narines semblaient se dilater un peu plus à chaque mot.)

— Dans mon métier aussi, il y a des règles, madame Rabb.

— On croirait entendre Marty, dit-elle.

Je gardai le silence. Elle tourna à nouveau les yeux vers le dôme de la Science Chrétienne, auquel elle parut s'adresser.

— Des mômes, dit-elle. Des adolescents attardés.

J'avais l'estomac un peu barbouillé, et je me sentais horriblement mal à l'aise.

— Madame Rabb, dis-je, je vais essayer de vous aider. Et je me défends bien dans ma partie. Je ferai de mon mieux.

— Vous et Marty et tous les sacrés mômes qui jouent aux petits soldats, vous êtes tous des cracks pour faire joujou. (Elle se retourna pour me regarder.) Foutez le camp, dit-elle en me montrant la porte du menton.

Ne trouvant pas grand-chose à répondre, je m'en allai. Elle claqua la porte derrière moi. Dans l'ascenseur, je me sentis con comme un balai, sans savoir au juste pourquoi.

Il était près de trois heures de l'après-midi. Il y

avait une cabine téléphonique devant le drugstore voisin de l'entrée de l'immeuble. Je m'y enfermai et appelai Martin Quirk.

— Spenser, dit-il. Quelle chance que vous me téléphoniez ! Figurez-vous que je suis sur une affaire de meurtre dans un local clos. Tout le monde y perd son latin, et le chef m'a dit : « Quirk, il n'y a qu'un seul homme au monde qui puisse résoudre ce mystère. »

— On peut déjeuner ensemble, ou prendre un verre ?

— Vous m'invitez à déjeuner ? Vous êtes prêt à me payer un verre ? Oh là là, vous devez avoir des ennuis sérieux.

Je n'étais pas d'humeur à plaisanter.

— C'est oui ou c'est non, dis-je. Si j'avais envie de rigoler, ce n'est pas vous que j'aurais appelé.

— Bon, d'accord. Je vous retrouve au *Red Coach*, dans Stanhope Street.

Stanhope Street est à peine plus large qu'une ruelle, et le *Red Coach Grill*, coincé entre une boutique de matériel électrique et un garage, faisait très vieillot avec son toit de tuiles rouges et ses fenêtres à vitraux. Etant situé juste derrière le Central de la police, il était fréquenté par un tas de flics. Malgré cela, ce n'était pas un endroit désagréable. Lumières tamisées, poutres de chêne et tutti quanti. Quirk m'attendait au bar. Il avait exactement le physique que j'ai toujours souhaité pour un flic. Encore plus baraqué que moi, et épais. Une épaisse brosse de cheveux noirs, d'énormes battoirs aux doigts épais, un cou épais, des traits épais et un visage grêlé. Avec cela, invariablement sapé comme s'il sortait d'une conférence au sommet. Ce jour-là, il portait un complet trois-pièces en prince-de-galles gris clair, une chemise blanche et une large cravate rouge satinée. Ses chaussures étaient en cuir verni couleur or. Je me hissai sur le tabouret voisin du sien.

— Vous vous faites sûrement graisser la patte, dis-je. Les poulets ne gagnent pas suffisamment pour se fringuer de cette façon-là.

— Si, à condition de ne rien faire d'autre. Ça fait quinze ans que je n'ai pas pris de vacances. A quoi consacrez-vous votre pognon ?

— A rincer les flics. On prend un box ?

Quirk emporta son verre, et nous nous installâmes en face du comptoir, dans l'une des stalles à haut dossier qui séparaient le bar de la salle de restaurant. Je commandai à la serveuse un bourbon on the rocks.

— Avec une goutte de bitter et un zeste de citron, dis-je. Et la même chose pour mon invité.

La serveuse était jeune, blonde et court vêtue. Quirk et moi la regardâmes se pencher par-dessus le comptoir pour prendre les consommations.

— Vous êtes un ignoble vieillard libidineux, dis-je. Je devrais vous signaler à la brigade des mœurs.

— Et vous, qu'est-ce que vous faisiez, vous cherchiez des indices ?

— Je m'assurais seulement qu'elle ne dissimulait pas d'arme, lieutenant.

Elle apporta les consommations. Quirk buvait du scotch-soda. Nous bûmes. Le contenu de mon verre baissa de moitié à la première gorgée.

— Je vous prenais pour un buveur de bière, dit Quirk.

— Exact, mais j'ai un mauvais goût dans la bouche, et le bourbon est plus décapant.

— Dans votre profession, on doit s'y habituer, au mauvais goût dans la bouche.

Je terminai mon verre et fis signe à la serveuse. Celle-ci regarda Quirk, qui secoua la tête.

— Je vais faire durer celui-ci, dit-il.

— Je croyais qu'il vous était interdit de boire pendant les heures de service.

— C'est exact. Q'est-ce qui vous amène ?

— Je me suis dit que ce serait sympa de papoter un peu au sujet des méthodes policières et de la réforme pénitentiaire, d'échanger des procédés de détection, des trucs de ce genre.

— Spenser, il y a actuellement dix-huit dossiers de meurtres en instance dans le tiroir gauche de mon bureau. Alors laissez tomber les conneries et accouchez.

— Frank Doerr, dis-je. J'ai besoin de tuyaux sur lui.

— Pourquoi ?

— Je crois qu'il détient une reconnaissance de dette d'un type qui fait chanter un de mes clients.

— Et ce type fait chanter votre client à cause de cette reconnaissance de dette ?

— Oui.

— Doerr est probablement un franc-tireur. Il a sa propre organisation et opère sur la frange du territoire de la Mafia. Dans les jeux du hasard, principalement. C'est un ancien joueur professionnel : Las Vegas, Reno, Cuba autrefois. Dans les prêts usuraires, également. Il se défend bien, mais il passe pour être un peu cinglé. Quand ça ne va pas comme il veut, il pique une crise et se met à flinguer à tout va. Et il devient trop gourmand. Un de ces jours, il croquera un trop gros morceau du gâteau de quelqu'un d'autre, et l'Honorable Société le fera effacer. Pour le moment, il paraît prospère, mais il ne durera pas.

— Où puis-je le trouver ?

— Si vous piétinez ses plates-bandes, c'est lui qui vous trouvera.

— Mais supposons que je veuille le trouver le premier : où je vais ?

— Je ne sais pas au juste. Il dirige une entreprise de pompes funèbres, quelque part dans le quartier de Charlestown. En rentrant au bureau, je vous chercherai l'adresse.

— Il a un point faible par où je pourrais l'atteindre ?

— Vous ? Faire peur à Doerr ? Essayez de l'intimider et vous vous retrouverez à la morgue avec une étiquette au gros orteil.

— Enfin, il doit bien avoir un dada ? Les femmes ? La gnôle ? Les phoques savants ? Il y a sûrement un défaut à sa cuirasse.

— Le fric. Doerr aime le fric. Pour autant que je sache, il n'y a que ça qui l'intéresse. Il n'aime rien d'autre.

— Comment pouvez-vous savoir qu'il ne m'aime pas ?

— Je le présume. Vous avez déjà eu affaire à lui ?

— Une fois.

— Qui l'accompagnait ?

— Wally Hogg.

Quirk secoua la tête.

— Laissez tomber, Spenser. Vous vous attaquez à des gens qui vous croqueront plus vite qu'un esquimau par un temps de canicule.

La serveuse nous servit une autre tournée. Elle portait des bas de résille. Je bus un peu de bourbon.

— J'aimerais bien laisser tomber, Marty. Mais je ne peux pas.

— Vous êtes en cause personnellement ? s'enquit Quirk.

— Non, mais c'est une chose qu'il faut que je fasse, et elle ne satisfait personne.

— Wally Hogg descendra quiconque Doerr lui dira de descendre. Sans se poser de question. Que ce soit un lent ou un rapide, qu'il y en ait un ou cent, peu importe. Doerr lui désigne la cible et il y va tout droit. C'est un flingue à deux pattes.

— Eh bien, s'il y va tout droit avec moi, il tombera sur un os.

— Vous n'êtes pas aussi fortiche que vous le croyez, Spenser. Mais Superman non plus. J'en ai connu de moins coriaces que vous, et vous avez peut-être une chance. Mais sobre. Ne vous avisez pas de vous attaquer à aucun des membres du gang Doerr avec un coup dans le nez. Allez-y en pleine forme, de bon matin, après une grande nuit de sommeil et un solide petit déjeuner.

Il fit tourner les glaçons dans sa nouvelle consommation. Je remarquai qu'il n'avait pas terminé la précédente.

— Vous lambinez, dis-je. J'ai toujours su que vous étiez un petit buveur. (Je tendis le bras, pris son verre entamé et le vidai.) Je ne suis pas à un godet près, moi, je tiens debout. Je n'ai pas besoin de chaussures orthopédiques comme vous, Quirk.

— Bon sang, cette affaire vous turlupine vraimemt, hein ? (Quirk se leva.) Je retourne au boulot avant que vous ne commenciez à pleurer dans mon gilet.

— Quirk, dis-je.

Il se retourna et me regarda.

— Merci de ne pas m'avoir demandé de qui il s'agissait.

— Je savais que vous ne me l'auriez pas dit, répliqua Quirk. Et faites bien gaffe où vous mettez vos pieds. Il doit y avoir quelqu'un qui vous regretterait.

Je le saluai en levant le pouce en l'air, comme dans les vieux films sur la R.A.F., et il s'en alla. Je bus la dernière consommation de Quirk et appelai la serveuse. Les aviateurs ne sont pas les seuls à noyer leur angoisse dans l'alcool.

20

Le lendemain, il me fallut huit kilomètres de jogging et une heure et demie de sauna pour que ma langue reprenne son volume normal et que mes fonctions vitales recommencent à tourner. Je me tapai un solide petit déjeuner dans une brasserie, avalai deux aspirines et me mis en quête de Frank Doerr. Une entreprise de pompes funèbres à Charlestown, avait dit Quirk. Je fis appel à mes plus subtiles compétences de détective pour résoudre le délicat problème de sa localisation et consultai l'annuaire des professions. Elémentaire, mon cher Holmes. Il y était, à la rubrique « Pompes funèbres » : Francis X. Doerr, 228 Main Street, Charlestown. A nous deux, Doerr.

Je garai sans difficulté ma vieille Chevrolet à proximité de l'entreprise de pompes funèbres. C'était une bâtisse de brique à un étage et toit d'ardoise, encastrée entre une épicerie inoccupée, sur les vitrines de laquelle on avait cloué des feuilles de contreplaqué, et un soldeur de chaussures à l'enseigne des *Laissés-pour-compte de Ronny*. Le viaduc du métro aérien longeait la rue, de l'autre côté de laquelle un terrain vague, encore épargné par la rénovation du quartier, abritait une florissante végétation de chicorées et de carottes sauvages. La nature ne trahit jamais ceux qui l'aiment.

Je vérifiai que mon revolver était bien dans son étui, sur ma hanche (on n'est jamais trop prudent), et sonnai à la porte d'entrée. A l'intérieur, cela déclencha un carillon des plus discrets. Plein de sollicitude. La porte me fut ouverte presque aussitôt par un gros homme chauve comme un caillou. Pantalon rayé, chemise blanche, veste foncée, cravate noire. Le parangon des croque-morts.

— Puis-je vous être utile ? dit-il. (Prévenant, attentionné. Puis-je prendre votre portefeuille, puis-je avoir tout votre argent ? Nous nous chargeons de tout.)

— Vous pouvez, dis-je. Je voudrais parler à Monsieur Doerr. (*Monsieur* Doerr ? Ce type-là déteignait sur moi. La peur me serrait l'estomac.)

— A quel sujet, monsieur ?

Je lui remis ma carte, celle où figure seulement mon nom.

— Dites à Doerr que j'aimerais poursuivre la conversation que nous avons entamée l'autre soir. (Laisser tomber le « monsieur » me rendit une partie de mon agressivité.)

— Certainement, monsieur. Si vous voulez bien vous asseoir un instant ?

Je m'assis sur une chaise à dossier raide et siège de velours, et Crâne-d'Œuf quitta la pièce. Je me demandais s'il allait faire une génuflexion avant de sortir, mais il n'en fit pas ; il se contenta de se retirer avec une inclinaison de tête pleine de dignité et d'onction. Cela n'améliora pas l'état de mon estomac. Prendre mes jambes à mon cou, ç'aurait été bon pour mon estomac, mais mauvais pour mon amour-propre. D'ailleurs, Doerr ne devait pas être si méchant que ça. Et Gras-du-Bide ne paraissait pas au mieux de sa forme. Il est vrai qu'on n'a pas besoin de tenir la forme olympique pour appuyer disons deux fois sur la détente d'un Walther 9 mm.

La baraque était absolument silencieuse et sentait l'église. Le vestibule dans lequel j'étais assis était tapissé d'un papier peint beige, représentant des feuilles de palmier, très passé et démodé. Le sol était recouvert d'une carpette à motifs persans, dont la teinte dominante était le marron triste, et le plafond était orné de guirlandes de fruits en staff.

L'homme chauve revint.

— Par ici, monsieur, je vous prie, dit-il.

Il s'effaça pour me laisser franchir la porte le premier. Allez, Spenser, pensai-je, en piste pour tes funérailles. C'est fou ce que je peux être spirituel, par moments.

Le bureau de Doerr se trouvait au premier étage et donnait sur les voies du métro aérien, ce qui permettait de compter les usagers au passage des rames. Il faut croire que cela n'intéressait pas Doerr, car le bureau d'acajou derrière lequel il était assis tournait le dos à la fenêtre. Ce bureau était jonché de dossiers dans des chemises brunes. Il y avait deux téléphones, et un grand vase de gueules-de-loup était posé sur un petit guéridon, devant la fenêtre.

— Qu'est-ce que vous voulez ? dit Doerr.

Je m'assis sur l'une des deux chaises de bois mises à la disposition des visiteurs. Doerr ne se ruinait pas pour le décor.

— Allez donc droit au but, Frank, dis-je. Ne tournez pas autour du pot avec des circonlocutions oiseuses.

— Qu'est-ce que vous voulez ?

— Répondre à quelques-unes des questions que vous m'avez posées l'autre jour.

— Pourquoi ?

— Franchise et sincérité. La devise de ma profession.

Doerr se tenait très droit, les mains posées sur les accoudoirs de son fauteuil à pivot. Il me regardait sans ciller. Sans un mot. Un métro passa en ferraillant devant la fenêtre, en direction de Sullivan Square. Doerr n'y prêta pas attention.

— Bon, dis-je. Vous m'avez demandé ce que je faisais au stade de base-ball, en dehors de jouer les écrivains.

Doerr continua à me regarder.

— On m'a engagé pour voir s'il y avait quelqu'un, au club, qui truquait les matches.

— Et ? dit Doerr.

— Et quelqu'un les truque.

— Qui ?

— Je pense que vous le savez aussi bien que moi.

— Qu'est-ce qui vous fait croire cela ?

— Plusieurs choses, parmi lesquelles le fait que vous êtes venu me trouver avec votre gorille aussitôt que j'ai commencé à enquêter.

— Alors ?

— Alors, quelqu'un vous avait prévenu. Je sais qui truque les matches, je connais celui qui l'y contraint par le chantage, et je sais à quel usurier le maître chanteur doit de l'argent. Ce qui nous ramène tout droit à vous.

— Des noms, Spenser. Tout ce bla-bla sur ce que vous savez et sur les mystérieux inconnus qui font ceci ou cela ne m'intéresse pas. Citez-moi des noms, et cela m'intéressera peut-être.

— Marty Rabb, Bucky Maynard et vous-même, beau blond.

— Voilà de graves allégations. Vous avez des preuves ?

— De graves allégations. (Je sifflai entre mes dents.) C'est joliment bien tourné, pour quelqu'un qui remue les lèvres en lisant les bandes dessinées.

— Ecoutez, pauvre connard, faites pas le mariole avec moi. Je peux vous faire effacer en moins de temps qu'il ne vous en faut pour vous gratter le cul. Compris ? Et maintenant, accouchez, ou il va vous arriver des bricoles.

— Voilà qui est mieux. Je retrouve ce bon vieux Frankie. Oui, j'ai des preuves, et je peux m'en procurer d'autres. Ce que je ne peux pas encore prouver, c'est que vous êtes en cheville avec Maynard, mais j'y arriverai. Je suis sûr que Maynard se dégonflera quand je commencerai à lui serrer la vis.

— Admettons que vous ayez raison. Admettons que tout cela soit vrai et que vous puissiez obtenir des aveux de Maynard. Qu'est-ce qui m'empêche de liquider Maynard ou, ce qui serait peut-être préférable, de vous liquider, vous ?

— Vous ne liquiderez pas Maynard parce que, à mon avis, vous ignorez avec quoi il tient Rabb, et je mettrais ma tête à couper qu'il l'a soigneusement planqué, pour que vous ne découvriez jamais de quoi il s'agit au cas où il lui arriverait une tuile. Vous ne me liquiderez pas parce que je suis bien trop mignon... et qu'un poulet de la Criminelle, appelé Quirk, sait que je suis chez vous. De plus, je doute que vous disposiez de la main-d'œuvre nécessaire.

— Ça fait beaucoup de suppositions.

Pour autant que je pouvais en juger par son expression, Doerr aurait pu être en train d'organiser un enterrement de troisième classe. Et c'était peut-être ce qu'il faisait.

— Il se trouve que j'ai une licence, dis-je, délivrée par l'Etat du Massachusetts, qui m'autorise à faire des suppositions et à enquêter dessus.

— Alors, qu'est-ce que vous voulez ?

— Je veux que cette histoire s'arrête. Je veux que Maynard me remette le document qu'il utilise pour son chantage, et je veux que tout le monde foute la paix aux Rabb.

— Ou bien ?

— « Sinon » serait plus élégant.

— Vous commencez à me courir, Spenser. J'en ai ras le bol de votre gueule, je peux pas piffrer votre façon de vous habiller, et de vous coiffer, et de fourrer votre nez dans mes affaires. J'en ai marre de vous et de vos astuces vaseuses. Vous comprenez ce que je vous dis, connard ?

— Qu'est-ce que vous reprochez à ma façon de m'habiller ?

— La ferme.

Doerr avait un peu rougi sous son hâle entretenu aux ultraviolets. Il fit pivoter son fauteuil et regarda par la fenêtre. Et il s'était mis à jouer avec un crayon. Il le faisait glisser entre ses doigts en le tapotant contre sa cuisse, le retournait et recommençait. Tap-tap-tap. Retournement. Tap-tap-tap. Retournement. Côté mine. Côté gomme. Tap-tap-tap. Un nouveau métro passa sur le viaduc, pratiquement vide, cette fois en direction de City Square. Je tirai mon pistolet de son étui, le coinçai entre mes cuisses et croisai les mains par-dessus, un peu penché en avant, comme si j'étais rongé par l'anxiété. Je n'eus aucun mal à simuler l'anxiété.

Doerr ramena son fauteuil face à moi. Il n'avait pas lâché son crayon, qu'il pointa sur moi.

— Bon, dit-il. Je vais vous laisser sortir d'ici. Mais, avant que vous ne partiez, je vais vous donner un petit aperçu de ce qui se passe quand j'en ai marre de quelqu'un.

Il avait dû presser un bouton avec son genou, sous le bureau, ou alors un micro était dissimulé quelque part. En tout cas, une porte s'ouvrit sur la gauche et Wally Hogg fit son entrée. Il portait une nouvelle chemise bariolée par-dessus son pantalon et les mêmes lunettes noires à monture enveloppante. Il tenait à la main une de ces matraques en caoutchouc, en forme de bâton, que les agents de police français utilisent en cas d'émeute. Il me fit penser à l'un de ces gnômes malfaisants qui s'embusquaient jadis sous les ponts.

— Wally, lui dit Doerr en me regardant, montre-lui ce qui fait mal.

Wally contourna le bureau.

— Vous préférez assis ou debout ? me demanda-t-il. Pour moi, c'est du pareil au même.

Planté devant moi, il me regarda me pencher vers lui, l'air de plus en plus anxieux. Je sortis le revolver d'entre mes cuisses en rabattant le chien et posai le canon sous le menton de Wally, derrière la mâchoire, là où c'est tendre. Et j'appuyai un peu.

— Wally, dis-je, vous n'avez jamais songé à vous embaucher comme farfadet dans les soirées costumées ?

Le corps de Wally formant écran entre moi et Doerr, celui-ci ne pouvait pas voir le revolver.

— Eh bien quoi, Wally, qu'est-ce que tu attends ? Je veux l'entendre gueuler.

Je me levai et Wally recula un peu. La pression du

canon du revolver l'obligeait à se soulever légèrement sur la pointe des pieds.

— Toujours la même histoire, Frankie, dis-je. Vous êtes trop sûr de vous. C'est la seconde fois que vous me dites des choses désagréables et que vous vous révélez incapable de les mettre à exécution. Maintenant, je me demande si je dois perforer la langue de Wally ou pas. Déposez votre matraque dans ma main gauche, mon mignon, dis-je à Wally.

Il s'exécuta. Nos visages se trouvaient à trois centimètres l'un de l'autre, et le sien était aussi impassible que quand il avait pénétré dans la pièce. Sans tourner les yeux, je lançai la matraque dans un coin, derrière moi.

— Evidemment, vous pourriez essayer de m'abattre, Frank. Vous pourriez fouiller dans votre bureau, en sortir une arme et me tirer dessus. Vous avez vos chances, Frankie. Il faut que je commence par descendre Wally avant de pouvoir vous flinguer. Risquez le coup. C'est plus expéditif que de me faire crever de trouille.

Sans relâcher la pression du revolver sous le menton de Wally, j'observai Doerr par-dessus son épaule. Le truand avait les mains posées à plat devant lui, sur le bureau. Ses joues étaient très rouges et ses lèvres tremblaient, mais il ne faisait pas un geste. Il me regardait fixement, les rides qui reliaient ses narines aux coins de sa bouche s'étaient creusées, et il avait un petit tic à la paupière gauche. Je palpai Wally de la main gauche et trouvai le P .38, dans son étui d'épaule, glissé sous sa ceinture. Je ne quittai pas Doerr des yeux un seul instant. Sa bouche était entrouverte, et une petite bulle de salive s'était formée dans le coin droit. J'apercevais le bout de sa langue, et il me sembla la voir tressauter, comme le tic de son œil, en contrepoint du tremblement de ses lèvres. C'était assez intéressant, mais je commençais à en avoir marre d'être collé contre Wally.

— Tournez-vous, Wally, dis-je. Posez vos mains sur le bureau et reculez, les pieds écartés, jusqu'à ce que tout le poids de votre corps porte sur vos bras. Vous devez connaître ce truc-là.

Je m'écartai de lui en contournant le bureau pour me rapprocher de Doerr, et Wally fit ce que je lui disais.

— Et voilà, Frank, dis-je. Autant pour ce qui fait mal. Vous allez foutre la paix à Marty Rabb, ou il va falloir que je vous y oblige ?

La bouche de Doerr s'était ouverte plus grande, et sa langue tremblait plus violemment qu'auparavant contre sa lèvre inférieure. La petite bulle avait éclaté, faisant place à un mince filet de salive. Sa tête s'était affaissée et, pour me regarder, il devait relever ses yeux jusqu'à ses sourcils. Sa bouche bougeait également, mais il n'en sortait aucun son.

— Qu'est-ce que vous décidez, Frank ? C'est amusant de vous regarder faire le guignol, mais je suis pressé.

Doerr ouvrit le tiroir central de son bureau et en tira un pistolet. J'abattis mon revolver sur son poignet, que j'entendis craquer contre le bord du meuble. Le pistolet glissa sur le bureau et tomba par terre. Wally Hogg leva la tête, et je tournai mon arme vers lui. Doerr se plia en deux sur sa main blessée et poussa une série de grognements. Il commença à se balancer d'avant en arrière dans son fauteuil tournant, grognant, bavant et émettant un bruit qui ressemblait fort à un sanglot.

— Dois-je interpréter ceci comme un refus, Frank ?

Il continua à se balancer, à gémir et à pleurer.

— Et merde, dis-je. (Je ramassai le petit automatique de Doerr et le glissai dans ma poche.) Si vous essayez de m'arrêter, dis-je à Wally, je vous tue.

Et je sortis. Il n'y avait personne au rez-de-chaussée. Personne ne m'ouvrit la porte. Personne ne se lança à ma poursuite lorsque je repris le chemin du centre dans ma vieille guimbarde.

21

Ce n'était pas encore l'heure du déjeuner, et la circulation était fluide. Cinq minutes plus tard, j'étais devant mon bureau, où je rangeai ma voiture sur un emplacement de dépannage bien commode pour se garer. J'achetai le *Globe* dans un bureau de tabac et montai le lire dans mon antre. Les Sox faisaient relâche pour la journée et reprendraient leurs activités le lendemain, en jouant contre Cleveland sur leur propre terrain. Marty Rabb avait battu Oakland 2 à 0 sur la côte, et l'équipe était rentrée par avion aux premières heures de la matinée.

Je téléphonai à Harold Erskine, qui me donna l'adresse personnelle de Bucky Maynard. Elle correspondait bien à ce que j'avais prévu.

— Qu'est-ce que vous lui voulez ? me demanda Erskine.

— Causer avec lui.

— Je ne veux pas que vous alliez asticoter Maynard. C'est le meilleur moyen pour que toute l'affaire éclate au grand jour.

— Ne vous inquiétez pas, je suis un modèle de circonspection.

— Espérons, dit Erskine. Vous n'avez encore rien découvert ?

— Rien qui mérite d'être signalé pour l'instant. Il faut que je procède à certaines vérifications.

— Enfin, bon sang, qu'est-ce que vous avez appris ? Marty est mouillé ou pas ?

— C'est plus compliqué que cela, Monsieur Erskine. Il faut me laisser un peu plus de temps.

— Combien de temps ? Vous me coûtez cent dollars par jour. Et les frais, comment ça se présente ?

— Ça chiffre. Il a fallu que j'aille dans l'Illinois et à New York, et j'ai payé à un témoin un dîner de cent dix-neuf dollars.

— Nom d'un petit bonhomme, Spenser. J'ai un budget à respecter, et je ne veux pas que vous y apparaissiez. Comment voulez-vous que je dissimule des sommes pareilles ? Bon Dieu, j'exige que vous me consultiez avant de jeter mon argent par les fenêtres.

— Ce n'est pas ma façon de travailler, Monsieur Erskine, mais je ne pense plus engager beaucoup de frais. (Il fallait que je reste sur l'affaire. Je ne pouvais pas me permettre de me faire virer et de perdre tout contact avec les Sox. Et il me fallait de l'argent pour nourrir mon destrier et fourbir mon armure.) L'enquête touche à son terme.

— Bon, eh bien, tâchez qu'elle touche vite, dit Erskine, et il raccrocha.

Toujours aussi phraseur, ce vieux Spenser. « L'enquête touche à son terme. » J'aurais dû me faire poète. Si j'allais trouver les flics, je n'aurais plus à me soucier du picotin de mon destrier ni de l'entretien de mon armure.

Harbor Towers est un nouvel ensemble résidentiel de grand luxe, qui domine la baie de Boston. Il constitue un atout de taille pour la rénovation du front de mer, et l'odeur du ciment frais flotte encore dans les immeubles. Le viaduc de la voie express sépare ceux-ci du reste de la ville en les isolant au bord de l'Océan, et ils forment un îlot d'activité récent là où pourrissaient naguère les appontements.

Je garai ma voiture à l'ombre du viaduc, dans Atlantic Avenue, à proximité de chez Maynard. Il faisait tellement chaud que l'asphalte mollissait, et l'air conditionné du vestibule fut le bienvenu. Je donnai mon nom au gardien, qui le transmit par téléphone et hocha la tête.

— Dernier étage, monsieur, numéro 8.

L'ascenseur était tapissé de miroirs, et j'essayais de voir à quoi je ressemblais de profil lorsqu'il s'arrêta au dernier étage et que les portes s'ouvrirent. Je tournai vivement les yeux, mais il n'y avait personne sur le palier. C'est toujours gênant d'être surpris en train de s'admirer. Le numéro 8 se trouvait en face de l'ascenseur, et Lester Floyd m'ouvrit au premier coup de sonnette.

Il portait un short de toile blanche, des sandales blanches, un bandeau blanc autour du front et des lunettes de soleil à grosse monture de plastique blanc et à verres noirs. La partie supérieure de son corps était aussi lisse et aussi luisante que celle d'un serpent, à la fois souple et musclée. En guise de ceinture, il avait glissé dans les passants de son short et noué sur sa hanche gauche ce qui me parut être un foulard de soie noir. Il mâchait de la gomme à claquer. M'ouvrant la porte, il me désigna le living-room d'un signe de tête. J'entrai. Il referma derrière moi. Le living-room avait bien dix mètres de long et se terminait par une immense baie vitrée donnant sur un balcon. Au-delà du balcon, l'Atlantique, bleu et calme, était trop vaste pour que je puisse l'embrasser d'un seul coup d'œil. Lester fit coulisser l'une des portes de verre, sortit, referma le panneau, s'assit dans un fauteuil en tôle blanche découpée, s'enduisit la poitrine de lotion solaire et se mit à mâcher son chewing-gum face au soleil. Le type chaleureux.

Je m'assis dans un grand fauteuil de cuir. La pièce était pleine de photographies encadrées, pour la plupart des portraits de Maynard en compagnie de personnalités diverses : joueurs de base-ball, politiciens, quelques acteurs. Je ne vis aucun détective privé. Discriminateur, le salaud. Ou discriminatoire. Du solarium de Lester filtraient les flonflons d'une radio portative. De la musique des années 40 : autant de charme et de sentiment qu'un distributeur de chewing-gum. Ah, le temps de notre jeunesse...

Bucky Maynard pénétra dans le living-room par une porte située sur la droite. Il portait un pyjama jaune cru sous une robe de chambre en soie marron, serrée à la taille par une large ceinture de velours. Le menton hérissé de barbe et les yeux bouffis, il sortait visiblement de son lit.

— Vous êtes matinal, Spenser. Je ne me suis pas couché avant quatre heures du matin.

— Le monde appartient à ceux qui se lèvent tôt, dis-je. Je voulais vous demander pourquoi Lester était allé voir Patricia Utley à New York.

Le col de la robe de chambre de Maynard était retroussé d'un côté. Il le remit soigneusement en place.

— Je ne vois pas de quoi vous parlez, Spenser. Je peux lui demander.

— Comme nous disons, nous autres petits gars des tribunes, nous charrie pas, Papa ! Lester s'est rendu là-bas pour votre compte. J'ai parlé à Patricia Utley. J'ai parlé à Frank Doerr et à Wally-la-Terreur. J'ai vu un film intitulé *les Joies de la banlieue* et j'ai parlé à Linda Rabb. En fait, ma question était mal posée. Je sais ce que Lester cherchait à New York. Ce que je veux savoir, c'est ce qu'on fait maintenant que je suis au courant.

— Lester !

Maynard resta impassible. Laissant la radio branchée, Lester rentra dans le living-room et souffla une bulle rose qui lui cacha presque la figure.

— Superformide, Lester, dis-je. Pour de la belle bulle, c'est de la belle bulle. Vous êtes le roi des mâcheurs de gomme à claquer. Youpie. (Lester réingurgita la bulle sans qu'elle laisse la moindre trace sur ses lèvres.) Des heures, dis-je. Cela doit demander des heures d'entraînement.

Lester regarda Maynard.

— Spenser et moi allons avoir un petit entretien, Lester, et je désire que tu y assistes et que tu écoutes. (Lester s'adossa à la porte coulissante, croisa les bras et me regarda. Maynard s'assit dans l'un des fauteuils de cuir.) Et maintenant, où voulez-vous en venir au juste, Spenser ?

— J'ai l'impression que nous avons tous les deux un problème, et il se pourrait que nous puissions le résoudre de concert. « De concert », Lester, signifie « ensemble ».

— Venez-en au fait, Spenser. Vous allez énerver Lester.

— Vous devez de l'argent à Frank Doerr et vous ne pouvez pas le lui rembourser. Alors, vous faites chanter Marty Rabb pour qu'il truque certaines parties selon vos instructions, et vous refilez le tuyau à Doerr pour qu'il ne vous tânne pas le cuir.

— Frank Doerr aurait affaire à moi, avant de tanner le cuir à qui que ce soit, dit Lester.

— Oui, ça lui pose un sacré problème, dis-je.

Faites-lui « bouh », la prochaine fois qu'il viendra vous voir avec Hogg. Il risque de tourner de l'oeil.

— Je commence à en avoir ras le bol de vos astuces à la con. (Lester décroisa les bras et s'avança d'un pas.)

— Lester, dit Maynard, nous causons. (Lester recroisa les bras, recula et se radossa à la porte. Comme dans un film projeté à l'envers.)

— Je me demande où vous allez chercher tout ça, Spenser. Mais supposons que ce soit vrai. En quoi cela vous concernerait-il ? Je ne vois pas ce qu'un écrivain...

— Vous savez aussi bien que moi que je ne suis pas écrivain.

— Moi ? Je ne sais rien du tout. C'est vous-même qui m'avez dit que vous étiez écrivain.

Son accent traînant du Sud était plus prononcé que jamais. Je n'arrivais pas à déterminer si c'était un véritable accent qui s'amplifiait lorsque Maynard était troublé, ou bien un faux accent qui devenait de plus en plus faux. Au fond, cela ne devait pas avoir une grande importance.

— Mais si. Vous avez alerté Doerr qui s'est renseigné sur mon compte, et nous savons tous les deux que je suis détective privé.

— Ça, alors ! (Maynard leva les sourcils.) Un détective privé. Mais la question n'en reste pas moins posée, Spenser. En quoi cela vous concerne-t-il ?

— Je voudrais que vous cessiez de faire chanter les Rabb.

— Et si je les faisais chanter et que je m'arrêtais, qu'est-ce que j'y gagnerais ?

— Eh bien, ma reconnaissance.

De son poste près de la porte coulissante, Lester lança « Connerie » en insistant sur la première syllabe.

— C'est tout ? demanda Maynard.

— Je vous aiderais à vous débarrasser de Frank Doerr.

Lester répéta « Connerie », cette fois en détachant les trois syllabes.

— Eh bien, Spenser, c'est vraiment très aimable à vous, mais il y a deux ou trois points sur lesquels je ne suis pas d'accord. D'abord, je me fous éperdument de votre gratitude, vous savez ? Ensuite, je ne crois pas, si j'avais des ennuis avec Frank Doerr, que ce serait à vous que je m'adresserais pour m'en sortir. Et enfin, bien entendu, je ne fais chanter personne. N'est-ce pas, Lester ?

Lester secoua la tête.

— Je pense donc que vous avez perdu votre temps en venant ici. Toutefois, c'est intéressant de savoir que vous êtes détective privé. N'est-ce pas, Lester ?

Lester hocha la tête. La radio du solarium annonça triomphalement un « classique du rock ».

— Votre politique me paraît à courte vue, dis-je.

— Pourquoi ?

— Parce qu'elle ne vous offre qu'une solution à court terme. Combien de temps Marty Rabb restera-t-il le premier lanceur des Sox ? Encore cinq ans. Et vous croyez que, le jour où il laissera tomber le base-ball, Doerr vous laissera tomber ? Doerr vous sucera le sang jusqu'à la fin de vos jours.

— Je me charge de Doerr, dit Lester. (Il ne mettait pas beaucoup de variété dans la conversation.)

— Lester, dis-je, vous ne pouvez pas vous charger de Doerr. Se charger de Doerr, ce n'est pas du tout la même chose que de casser la figure à un touriste dans un bar ou de fendre des briques à main nue. Wally Hogg est un gros bras professionnel. Vous êtes un amateur. Il vous éparpillerait comme une fleur de pissenlit.

— Connerie, dit Lester. (Quand on a trouvé une réplique qui vous convient, il n'y a pas de raison d'en changer.)

— Si ces gens-là sont tellement coriaces, Spenser, dit Maynard, qu'est-ce qui vous fait croire que vous pourriez les neutraliser ?

— Le fait que, moi aussi, je suis un professionnel, Bucko, ce qui veut dire que je connais mes capacités et mes limites. Ce qui veut dire que je ne m'estime pas capable de m'attaquer bille en tête à des individus comme Frankie Doerr sans y laisser des plumes. Ce qui veut dire que je sais comment égaliser un peu les chances. Ce qui veut dire que je sais où je mets les pieds, alors que vous autres guignols l'ignorez.

— Vous n'avez pas l'air si dur que ça, dit Lester.

— Voilà ce qui nous différencie, Lester. En plus de nos goûts en matière de musique. Je ne me soucie pas des apparences. Vous, oui. Je n'ai pas besoin de prouver que je suis un dur. Vous, oui. Faites une réflexion de ce genre à Wally Hogg, et il vous logera trois pruneaux en pleine poire pendant que vous roulerez les mécaniques et gonflerez des bulles de chewing-gum.

Lester s'était mis en position, jambes fléchies, poing gauche en avant, poing droit en arrière, les doigts repliés sur le dessus.

— Faites voir ce que vous savez faire, au lieu de pérorer.

Je me levai.

— Lester, dis-je, je vais vous montrer quelque chose. (Je tirai mon revolver de sa gaine et le lui braquai sur le front.) Ceci est un Colt détective spécial calibre 38. Si j'appuie sur la détente, votre science des arts martiaux ne vous servira pas à grand chose.

— Voyons, Spenser... dit Maynard. (Lester regarda le revolver.) Allons, rangez cela. Lester. Calmez-vous un peu, tous les deux.

— Si vous n'aviez pas de pétard, dit Lester.

— Mais justement, mon petit Les, j'ai un pétard. Wally Hogg a un pétard. Vous n'avez pas de pétard. Un professionnel, c'est un type qui a un pétard et qui le sort le premier.

— Du calme, vous deux, ça suffit comme ça, dit Maynard.

— Vous n'aurez pas toujours un pétard, Spenser.

— Vous voyez, mon petit. Vous voyez quel bébé vous faites, dis-je. Vous vous trompez une fois de plus. J'aurai toujours un pétard. Vous, vous l'oublieriez, il ne serait pas à portée de votre main, tandis que moi, je l'aurai toujours.

— Lester, répéta Maynard en élevant la voix. Laissez tomber, vous deux, c'est compris ? Maintenant, ça suffit. Je ne veux pas de ça.

Lester abandonna sa posture de combat et s'adossa au montant de la porte, mais il ne me quitta pas des yeux et il me sembla que sa paupière tremblait. Je rangeai mon revolver.

— Faites-le tenir tranquille, dis-je à Maynard, sinon il va dérouiller pour de bon.

— Allons, Spenser, dit Maynard. Lester a des réactions un peu vives, mais il n'est pas idiot. N'est-ce pas, Lester ?

Lester ne répondit pas. Je remarquai que Maynard avait la lèvre supérieure emperlée de sueur.

— Supposons que j'envisage de m'allier avec vous, dit Maynard. Quel serait votre plan ? Comment empêcheriez-vous Doerr de venir me descendre ?

— Je lui dirais que, dorénavant, la combine est terminée, que nous arrêtons le chantage, qu'il va y perdre un peu d'oseille, mais que personne n'aura d'ennuis. S'il veut faire le méchant, alors nous nous adresserons à la police et, à ce moment-là, quelqu'un aura des ennuis. Et ce sera lui, parce que nous avons planqué la preuve à un endroit où les flics la trouveront s'il vous arrive quelque chose.

— Et l'argent que je lui dois ? Je veux dire : que vous supposez que je lui dois ?

— Il y a belle lurette que vous le lui avez remboursé, si Doerr a joué autre chose que des haricots sur les matches de Rabb.

— Mais si Doerr réclame davantage et que je ne peux pas le payer ?

— Ce sera à moi de le convaincre de ne pas réclamer davantage.

— Nous y voilà. C'est ça que je veux savoir, dit Maynard, et son visage était luisant de sueur. Comment comptez-vous le convaincre ?

— Je ne sais pas. En faisant appel à son sens des affaires. Laisser tomber la combine lui causera infiniment moins de désagréments que de s'y cramponner. Il a un tas d'autres moyens de se procurer du fric. Vous et Rabb, vous n'êtes pas les seuls gogos de la ville.

Maynard prit une profonde inspiration. Sur le balcon, le poste diffusait toujours de la musique des années 40. Lester me foudroyait du regard depuis le pas de la porte. La baie était parsemée de petits moutons blancs. Maynard secoua la tête.

— Ce n'est pas suffisant, Spenser. Ce que vous dites est peut-être vrai, mais, pour l'instant, je ne me fais pas descendre. Et ce que vous proposez augmenterait mes chances de me faire descendre.

— Je suis capable de neutraliser Doerr, Bucky, dit Lester d'une voix presque plaintive.

— P't-être ben qu'oui, p't-être ben qu'non, Lester. Tout à l'heure, tu n'aurais pas pu empêcher Spenser de me descendre, s'il en avait eu l'intention. Et je vous le dis tout de suite, c'est non. Je ne veux pas courir le risque. Jusqu'ici, ça se passe bien.

— Mais le problème n'est plus le même, Buck. Maintenant, je suis dans le coup. Je vais fureter partout et vous compliquer la vie. Poursuivre l'opération devient très risqué.

— Il se peut que vous ayez raison, dit Maynard. Mais je dois choisir entre Frank Doerr et vous, et, pour l'instant, je préfère miser sur Frank Doerr. Je vais cependant vous dire une chose. Si vous trouvez de meilleurs arguments que ceux que vous avez actuellement, je suis disposé à les écouter.

J'étais coincé. A sa place, j'aurais peut-être fait comme lui.

— Lester, dit Maynard, reconduis Monsieur Spenser.

Je secouai la tête.

— Je me reconduirai tout seul. Je préfère que Lester ne bouge pas. Furieux comme il est, il serait capable de me claquer la porte sur le pied.

Maynard acquiesça. Une petite goutte de sueur pendait à l'extrémité de son nez en bec de corbin. Ce fut la dernière vision que j'emportai en sortant à reculons.

22

Je pouvais éliminer Doerr et Maynard en allant trouver la police, mais cela humilierait Linda Rabb et ferait probablement radier Marty Rabb du base-ball. Je pouvais désarmer Doerr et Maynard en amenant Linda à faire une confession publique, mais le résultat serait le même. La capote de ma voiture était baissée et, lorsque j'y montai, les sièges étaient désagréablement chauds. Je ne pouvais pas débarrasser Maynard de Doerr. Doerr était la clef de toute l'affaire, et je m'y étais mal pris avec lui. Si je retournais le voir, il essaierait de me tuer. Cela rendait les négociations difficiles.

Je retournai chez les Rabb. Le portier m'annonça, et Marty Rabb m'attendait sur le pas de sa porte. Il était pâle, et il serrait tellement les dents que les muscles de sa mâchoire formaient des boules.

— Espèce de fumier, dit-il d'une voix rauque.

— C'est possible, dis-je, mais cela n'arrangera rien.

— Qu'est-ce que vous voulez encore ? Poser un micro dans notre chambre à coucher, peut-être ?

— Je ne veux pas discuter sur le palier.

— Je me fous de ce que vous ne voulez pas. Vous

ne mettrez pas les pieds chez moi, vous empesteriez l'appartement.

— Ecoutez, mon petit, je me sens minable, je sais ce que vous ressentez et je vous comprends, mais il faut que je vous parle et je ne peux pas le faire ici, sur le palier, pendant que vous m'engueulez.

— Vous avez de la veine que je vous engueule, salaud. Vous avez de la veine que je ne vous casse pas la figure.

Linda Rabb vint rejoindre son mari sur le seuil.

— Laisse-le entrer, Marty, dit-elle. Nous sommes dans l'embarras. Crier n'y changera rien. Le frapper non plus.

— C'est la faute de cette ordure. Tout allait bien avant qu'il ne vienne fourrer son sale nez dans nos affaires.

— Je suis aussi responsable que lui, Marty. C'est moi la putain, pas Spenser.

Rabb pivota vers elle.

— Je t'interdis de prononcer ce mot-là, dit-il. Plus jamais. Je ne veux pas qu'on parle de cela sous mon toit. Je ne veux pas que mon fils entende ce genre de conversation.

Linda Rabb avait la voix lasse.

— Ton fils n'est pas à la maison, Marty ; il est au jardin d'enfants. Tu le sais bien. Entrez, Spenser.

Elle écarta Rabb de la porte en le tirant par le bras avec ses deux mains. J'entrai.

Je m'assis sur le bord du sofa. Rabb resta debout, les yeux fixés sur moi, les poings serrés.

— Faites bien attention à ce que vous dites, Spenser. J'ai tellement envie de vous cogner dessus que ça me tord les tripes. Une seule remarque déplacée et je vous assomme.

— Marty, vous êtes la troisième personne, depuis

ce matin, qui menace de me mettre en charpie, et, des trois, vous êtes celle qui a le moins de chance d'y parvenir. Vous êtes plus fort que moi pour lancer une balle de base-ball, mais il y a gros à parier que je vous enverrais à l'hôpital avant même que vous ne m'ayez touché. (Je commençais à en avoir assez de me faire engueuler.)

— Vous croyez ça.

Je fus fier de moi. Je ne répondis pas : « Je le sais. »

Linda Rabb lâcha le bras de son mari, vint se placer devant lui et lui entoura la taille de ses bras.

— Arrête, Marty. Conduisez-vous en adultes, tous les deux. Vous n'êtes pas dans une cour de récréation où les petits garçons doivent se prouver mutuellement à quel point ils sont costauds. Vous êtes chez nous, et il est question de notre avenir, et de Marty junior, et de notre vie. Vous ne pouvez pas régler tous les problèmes comme s'il s'agissait d'une partie de bras de fer.

Sa voix s'enrouait, et elle appuya son visage contre la poitrine de Rabb. Je compris qu'elle pleurait, et je me dis que cela ne devait pas être la première fois de la journée.

— Mais bon sang, Linda, un homme a le devoir de...

— Tais-toi ! cria-t-elle contre sa poitrine, ce qui assourdit sa voix. Je t'en prie, ne me parle plus de tes devoirs.

Je regrettai de ne pas être fumeur. Une cigarette m'aurait occupé les mains. Rabb entoura sa femme de son bras et lui caressa le dessus de la tête avec son menton.

— Je ne sais plus, dit-il. Je ne sais pas ce que je dois faire.

— Moi non plus, dis-je. Mais si vous vous asseyiez, nous trouverions peut-être une solution.

— Assieds-toi, Marty, dit Linda Rabb.

Elle le poussa en appuyant ses deux mains contre sa poitrine. Il s'assit. Elle prit place à ses côtés, détourna la tête et s'essuya les yeux avec un Kleenex.

— Je ne sais plus, répéta Rabb.

Affalé au bord du divan, les coudes sur les cuisses, les mains nouées entre ses genoux, il regardait fixement ses ongles. Il finit par lever les yeux vers moi.

— De quoi Erskine est-il au courant ? demanda-t-il.

— De rien. Il a simplement entendu murmurer que quelque chose n'était peut-être pas tout à fait régulier. Il m'a embauché pour faire la preuve que tout était parfaitement correct. Il veut croire que le jeu est loyal et que vous n'avez rien à vous reprocher.

— C'est ça, dit Rabb. Je n'ai rien à me reprocher. Vous avez une suggestion ?

— Votre femme vous a répété ce que je lui ai dit hier ? (Il acquiesça.) J'ai vu Doerr et Maynard. Doerr refuse de lâcher Maynard, et Maynard refuse de vous lâcher. Il a trop peur.

— Maynard doit vraiment de l'argent à un usurier ?

— Oui.

— Je ne vois pas ce qu'on pourrait faire d'autre que de continuer comme ça, dit Rabb.

— A condition que vous puissiez le supporter.

— On supporte ce qu'on ne peut pas éviter. Vous avez une meilleure idée ?

— Vous pourriez porter plainte.

Linda Rabb avait fini de s'essuyer les yeux. Elle nous regardait.

— Oui, dit-elle.

— Non, dit Rabb.

— Marty, dit-elle.

— Non.

— Marty, répéta-t-elle, on ne peut pas continuer comme cela. Je n'en peux plus. Je ne peux plus supporter de me sentir responsable et de voir dans quel état cela te met chaque fois que tu perds une partie pour qu'ils puissent se remplir les poches.

— Je ne suis pas obligé de perdre tout le temps, dit-il. De loin en loin, je laisse l'équipe adverse marquer quelques points, c'est tout.

— Ne joue pas sur les mots, Marty. Tu en es malade pendant une semaine chaque fois qu'il arrive une lettre. Tu as vécu trop longtemps avec des principes intransigeants, marche ou crève. En ce moment, tu en crèves. Et moi aussi, j'en crève.

— Je ne veux pas que ton nom fasse jaser tout le pays. Ça te plairait que notre fils entende ce genre de ragot sur sa mère ? On devrait peut-être lui montrer le film.

— Ça se tassera, Marty. Il n'a que trois ans.

— Et ça fera un sujet de conversation en or dans les vestiaires, figure-toi. Tu veux que j'entende ces salopards ricaner dans la casemate chaque fois que je sortirai pour aller lancer ? Mais, au fond, cela n'a peut-être pas d'importance, parce que si on apprend que j'ai truqué des parties, je ne lancerai plus, de toute façon. C'est ça que tu veux ?

— Non, mais je ne veux pas non plus de ce qui se passe maintenant, Marty.

— Bon, eh bien il fallait y penser quand tu écartais les jambes à New York.

J'eus l'impression de recevoir un coup de poing dans l'estomac. Linda Rabb ne sourcilla pas. Elle regarda calmement son mari. Un silence pesant s'établit. Ce fut Rabb qui le rompit.

— Mais qu'est-ce qui m'arrive, chérie ? Je suis désolé, dit-il.

Il passa son bras autour des épaules de sa femme. Celle-ci ne s'écarta pas, mais elle resta aussi raide et aussi inerte qu'un passe-lacet, et ses yeux étaient fixés sur quelque chose qui se trouvait bien loin de la pièce.

— Mais qu'est-ce qui m'arrive ? répéta-t-il. Qu'est-ce qu'on va devenir ? Qu'est-ce qu'on va faire ?

23

— Qu'est-ce que vous feriez, si vous n'étiez pas un joueur de base-ball ? demandai-je.

— Je serais entraîneur.

— Et si vous n'étiez pas entraîneur ?

— Sélectionneur, peut-être.

— Et si vous ne pouviez être ni entraîneur ni sélectionneur ? Si vous étiez complètement exclu du base-ball ?

Rabb contemplait à nouveau ses ongles.

— Je ne sais pas, répondit-il.

— Dans quelle matière avez-vous passé votre diplôme, au collège ?

— L'éducation physique.

— Alors, qu'est-ce que vous aimeriez faire ?

— Jouer au base-ball, et ensuite être entraîneur.

— Je veux dire : si vous ne pouviez pas jouer au base-ball ?

Rabb examina plus attentivement ses ongles. Linda Rabb fixa la table à café. Ni l'un ni l'autre n'ouvrirent la bouche.

— Madame Rabb ?

Elle secoua la tête.

— Vous êtes certain que, si cette affaire était découverte, vous seriez suspendu ?

— Absolument certain, dit Rabb. J'ai truqué quelques parties. Si la Fédération l'apprend, je suis radié à vie.

— Et si je faisais une confession ? dit Linda Rabb. Si je révélais publiquement mon passé et que personne ne parlait des parties truquées ? Je pourrais dire que Marty n'était pas au courant.

— Ils continueraient à me faire chanter parce que j'ai truqué des parties, dit Marty.

— Pas forcément, dis-je. Si je trouvais un truc pour éliminer Doerr de l'affaire, on pourrait s'entendre avec Maynard. S'il parlait de vous, il serait forcé de parler de lui-même. Et il se retrouverait aussi au chômage. Avec Maynard, vous seriez à égalité.

— Peu importe, dit Rabb. (Il leva les yeux de ses ongles.) Je ne la laisserai pas faire.

Linda Rabb avait également les yeux fixés sur moi.

— Vous pourriez éliminer Doerr, Spenser ?

— Je ne sais pas, madame Rabb. Si je n'y parviens pas, nous sommes coincés. Il va donc falloir que j'y parvienne.

— Elle ne parlera de rien du tout, dit Marty. Quel genre d'homme croyez-vous que je suis, bon sang ?

— Comment vous y prendrez-vous ? demanda Linda Rabb, et je me rendis compte que nous ne nous occupions pas de Marty.

— Je l'ignore.

— Si vous y parvenez, je le ferai, dit-elle.

— Non, dit Rabb.

— Marty, s'il peut arranger les choses, je le ferai. Pas seulement pour toi, également pour moi. Je ne peux pas supporter de te voir écartelé de cette façon-là. Tu as deux passions, ta famille et le base-ball, et tu es obligé d'en sacrifier une pour sauver l'autre. Je n'arrête pas de me dire que c'est ma faute, et je ne peux plus supporter la tension, la peur et l'incertitude. Si Spenser peut nous débarrasser de cet homme, je me confesserai et nous serons libérés.

Rabb se tourna vers moi.

— Je vous avertis, Spenser.

— Ne faites pas l'enfant, Marty, dis-je. Le monde est loin d'être parfait. On fait ce qu'on peut, pas ce qu'on est censé faire. Vous êtes impliqué dans une histoire de chantage. Il y a des gens qui y laissent leur peau. Si vous pouvez vous en sortir avec quelques ricanements au vestiaire et un peu de gêne pour votre femme, vous vous en tirerez bien. Je ne dis pas que c'est l'idéal. Je dis que c'est mieux qu'actuellement.

Rabb secouait la tête. Linda Rabb avait toujours les yeux fixés sur moi. Elle hocha la tête. Je remarquai qu'elle était toujours aussi raide et tendue, mais que son visage avait repris des couleurs.

— Je... dit Rabb et il recommença à secouer la tête.

— Inutile de discuter pour l'instant, dis-je. Je vais voir ce que je peux faire au sujet de Doerr. Je ne pourrai peut-être rien faire du tout. C'est peut-être lui qui va se débarrasser de moi. Mais je vais voir.

— Ne faites rien sans nous consulter, dit Rabb.

J'acquiesçai. Linda Rabb se leva et m'ouvrit la porte. Je me levai et sortis. Personne ne me recommanda d'être prudent, personne ne me souhaita bonne chance, personne ne me dit que l'issue de la partie importe peu, que c'est la façon dont on joue qui compte. En fait, personne ne dit rien, et la seule chose que j'entendis, en m'en allant, fut le bruit de la porte se refermant derrière moi.

24

Je cogitai sur mon problème pendant tout le restant de la journée et me couchai tôt. Je me réveillai de bon matin et, en ouvrant les yeux, je sus ce que j'allais faire. Je ne savais pas encore comment je m'y prendrais, mais je savais ce que je ferais.

Il crachinait le long du fleuve. Je fis mon jogging sur l'esplanade en pensant à autre chose, et mes cinq kilomètres me prirent beaucoup plus longtemps que d'habitude. C'est toujours comme cela quand on ne se concentre pas. J'étais planté au bord du trottoir près d'Arlington Street, attendant de pouvoir traverser Storrow Drive pour rentrer chez moi, lorsqu'une Ford noire, équipée d'une petite antenne de toit, vint se ranger devant moi et que la tête de Frank Belson apparut à la portière de droite.

— Montez, dit-il.

Je montai à l'arrière et la voiture démarra.

— Fais un petit tour, Billy, dit Belson au policier qui conduisait, et nous nous dirigeâmes vers l'ouest et Allston.

Penché en avant, Belson essayait de rallumer un mégot de cigare avec l'allume-cigare du tableau de bord. Lorsqu'il y fut parvenu, il se retourna, posa son bras sur le dossier de la banquette et me regarda.

— L'un de mes indics m'a prévenu que Frank Doerr s'apprêtait à vous faire la peau.

— Lui-même ?

— C'est ce que prétend mon indic. Il dit que vous avez brutalisé Frank, hier, et que celui-ci en fait une affaire personnelle. (Belson était mince, avec la peau lisse et une barbe noire rasée de près.) Marty a trouvé qu'il valait mieux vous prévenir.

Nous longeâmes le fleuve jusqu'à la route du cimetière militaire, après la tour de la radiodiffusion.

— Je croyais que c'était Wally Hogg qui effectuait ce genre de corvée pour le compte de Doerr.

— Exact, dit Belson, mais celle-là, il s'en chargera lui-même.

— S'il peut, dis-je.

— Ce qui ne veut pas dire qu'il ne se fera pas accompagner de Wally pour vous tenir les mains, dit Belson.

Billy fit le tour du refuge et reprit le chemin de la ville. Il était jeune et élégant, avec une grosse moustache et une coiffure qui lui cachait les oreilles. Les cheveux de Belson étaient coupés ras sur les tempes.

— On peut avoir confiance dans votre indic ?

Belson acquiesça.

— Jusqu'ici, il ne nous a pas refilé de tuyau crevé.

— Combien lui avez-vous payé celui-ci ?

— Un bifton de cent.

— Je suis très flatté.

Belson haussa les épaules.

— C'est la brigade qui paye, dit-il.

Nous passions devant le Harvard Stadium.

— Vous avez des suggestions à me faire, Quirk et vous ?

Belson secoua la tête.

— Vous pourriez vous planquer, proposa Billy. D'ici dix ou vingt ans, Doerr sera probablement mort.

— Vous le croyez si coriace que ça ?

Billy haussa les épaules.

— C'est pas tellement qu'il est coriace, dit Belson. C'est qu'il est dingue. Doerr est dingue. Quand ça ne va pas à son idée, il veut massacrer tout le monde. J'ai entendu dire qu'il avait dépecé un mec à la machette. Je dis bien « dépecé ». En plusieurs morceaux. Un dingue.

— Vous ne croyez pas qu'une douzaine de roses et un mot d'excuse le calmeraient, hein ?

Billy ricana. Belson ne se donna pas cette peine. Nous passâmes par la porte de Kenmore.

— Vous savez où j'habite ? demandai-je à Billy.

Il inclina la tête.

— Vous êtes armé ? me demanda Belson.

— Pas quand je cours, dis-je.

— Alors, ne courez pas, dit Belson. Si j'étais Doerr, j'aurais pu vous plomber sur le trottoir, là où on vous a ramassé.

Je me rappelai l'exposé que j'avais fait à Lester sur les professionnels et gardai le silence. Nous virâmes dans Arlington Street, puis à droite dans Marlborough Street. Billy s'arrêta devant mon immeuble.

— Vous êtes en sens interdit, lui fis-je observer.

— Zut alors. Espérons qu'il n'y a pas de flic dans les parages, dit Billy.

Je descendis de voiture.

— Merci, dis-je à Belson.

Il descendit à son tour.

— Je monte avec vous.

— Là, Frank, vous poussez un peu.

— Quirk m'a dit de vous ramener chez vous sain

et sauf. Après, vous vous débrouillez. Nous ne sommes pas une garderie d'enfants. Même pour vous, bébé.

En ouvrant la porte de mon appartement, je remarquai que Belson déboutonnait son veston. Nous entrâmes. Je jetai un coup d'œil circulaire. Il n'y avait personne. Belson reboutonna son veston.

— Faites gaffe, dit-il, et il s'en alla.

Par la fenêtre, je regardai Belson monter dans la Ford et Billy virer sur place et s'éloigner. Maintenant, je savais ce que j'allais faire et je commençais à avoir une idée de la façon dont j'allais m'y prendre. Je récupérai mon revolver dans le tiroir de la commode, vérifiai qu'il était bien chargé et l'emportai dans la salle de bains. Je le posai sur le siège des waters pendant que je prenais ma douche, et sur le lit pendant que je m'habillais. Après quoi je glissai la gaine dans ma poche arrière et la fixai à ma ceinture. Je portais un jean culotté, des chaussures de sport blanches à rayure bleue et mon polo noir avec un castor sur le sein gauche (mon standing n'avait pas encore atteint le niveau du crocodile). J'enfilai un veston en crépon de coton, mis mes lunettes noires d'aviateur et m'examinai dans la glace de l'entrée. Tenue de combat.

J'ouvris le placard de l'antichambre, en sortis un fusil à pompe Iver-Johnson calibre 12 et une boîte de cartouches double zéro, et quittai l'appartement. Sur le palier, je posai le fusil à terre et coinçai un cure-dent entre le chambranle et le panneau de la porte d'entrée, à cinq centimètres du sol. Je le cassai de manière que seule son extrémité soit visible dans la fente de la porte. Ce serait intéressant de savoir si quelqu'un avait pénétré chez moi.

Je ramassai le fusil et partis chercher ma voiture. En descendant l'escalier, je croisai un autre locataire.

— Tiens, dit-il, la chasse est déjà ouverte ?

— Depuis ce matin.

Dans la rue, je rangeai le fusil et la boîte de cartouches dans le coffre de ma voiture, montai dans celle-ci, baissai la capote et pris le chemin de la côte nord. Je savais ce que j'allais faire et comment j'allais le faire ; restait à déterminer où.

Je sortis de Boston par la nationale 93 et traversai Somerville et Medford. Le long de la Mystic River, au-delà de Wellington Circus, des joncs et des roseaux de deux mètres de haut continuaient à pousser dans l'atmosphère de bastringue due aux néons et aux fumées des échappements. Après Medford Square, je quittai la 93 et pris l'autoroute de Lynn Fells vers l'est, en examinant les bois sans trouver ce que je cherchais. Medford fit place à Melrose. J'abandonnai l'autoroute, contournai le lac, longeai le zoo, traversai Stoneham et revins à Melrose. Toujours rien à ma convenance. Je traversai Melrose en passant devant les tennis qui bordent le lac, l'université et l'Eglise de la Science Chrétienne. Juste avant d'atteindre la nationale 1, je virai dans le parc Breakhart. Passé la piste de patin à roulettes, la route se rétrécit jusqu'à n'être plus qu'un simple chemin empierré, à sens unique. J'étais venu y pique-niquer une fois avec Susan Silverman, et je savais que la route décrivait une boucle dans la forêt et revenait à son point de départ, à sens unique tout du long. Des allées cavalières, des étangs et des emplacements de pique-nique étaient éparpillés dans les bois touffus.

Trois cents mètres après avoir pénétré dans le parc, je trouvai l'endroit qui me convenait. Je garai ma voiture sur le bas-côté du chemin, où les broussailles égratignèrent ses ailes et craquèrent sous ses pneus, et je descendis. Non loin de la route s'élevait une petite butte, au pied de laquelle s'étendait une dépression grossièrement circulaire, de la taille d'un terrain de basket-ball. A peu près au milieu de cette dépression se dressait un bloc de granit aux flancs lisses. Plus haut qu'un homme à l'une de ses extrémités, il déclinait ensuite vers le sol, et sa forme évoquait vaguement un aileron de requin.

Les bords de la cuvette étaient faits de glaise jaune, ravinée par l'érosion et parsemée de quelques pins blancs. Ils s'élevaient en pente raide jusqu'au flanc moins escarpé de la butte, qui était couverte d'un épais manteau de pins blancs, de bouquets de jeunes bouleaux et de touffes de sumac. Je descendis dans le creux et allai me placer près du bloc de granit. Son côté le plus haut dépassait ma tête d'une trentaine de centimètres. Les stridulations des sauterelles et les chants des oiseaux troublaient seuls la touffeur silencieuse des bois. Un écureuil dévala le tronc d'un bouleau et remonta sans ralentir sur celui d'un érable. Je retirai mon veston et le posai sur le rocher, puis j'escaladai la pente du ravin et regardai l'effet produit. Je fis tout le tour de la cuvette en examinant les bois, la position du soleil et le fond de la dépression. Cela ferait l'affaire. Je consultai ma montre : deux heures de l'après-midi.

Je redescendis, remis mon veston, montai dans ma voiture, suivis la route circulaire et sortis du parc. Il y avait un petit centre commercial près de la sortie, et je garai ma voiture, parmi d'autres, devant le supermarché *Suprême Pureté*. Celui-ci disposait d'un taxiphone, que j'utilisai pour appeler Frank Doerr.

Il n'était pas là, mais le type à voix onctueuse qui

me répondit avec sollicitude m'assura qu'il transmettrait mon message.

— Bon, dis-je, je m'appelle Spenser. S.P.E.N.-S.E.R., comme le poète anglais. Vous savez qui je suis ?

— Ouais, je sais. (Plus trace de sollicitude.)

— Dites à Frank que, s'il veut me parler, il me trouvera au parc Breakhart, à Saugus. Qu'il arrive par l'entrée de la piste de patinage. Trois cents mètres plus loin, qu'il gare sa voiture et qu'il pénètre à pied dans le petit ravin. Il le trouvera. Il y a un gros rocher, au milieu, qui ressemble à un aileron de requin. Vous avez noté tout cela ?

— Oui, mais pourquoi il voudrait vous causer ? Quand Frank veut voir quelqu'un, il le convoque à son bureau. Il va pas se baguenauder dans ces foutus bois.

— Cette fois, il ira, parce que, s'il ne vient pas, je vais chanter à la police une chanson qui ne plaira pas du tout à Frank.

— En admettant qu'il soit disposé à y aller, ce qui est pas évident, à quelle heure faut qu'il vienne ?

— A six heures ce soir.

— Et s'il n'est pas libre à cette heure-là ? Il est peut-être occupé. A qui vous croyez parler, merde ?

— Six heures ce soir, dis-je, ou je vais à Berkeley Street pousser la chansonnette aux poulets.

Je raccrochai.

25

J'achetai une livre de saucisson de bœuf kasher, un paquet de pain de seigle, un pot de moutarde à l'estragon et un carton de lait, et je retournai à ma voiture. Je sortis du coffre un vieux sac de matelot, y rangeai le fusil de chasse, les cartouches et mes provisions de bouche, refermai le coffre, chargeai le sac sur mon épaule et repartis à pied vers le parc.

Il me fallut un petit quart d'heure pour rejoindre le ravin, au pied de la butte. J'escaladai celle-ci jusqu'à mi-hauteur et trouvai un épais bouquet de pins blancs, masqué par des touffes de cornouillers, d'où je découvrais la cuvette et la route qui la longeait. Je posai le sac de marin, en retirai mes provisions, le fusil et les cartouches, y rangeai ma veste, l'étendis à plat sur le sol, m'assis dessus et chargeai le fusil. Le magasin contenait six cartouches. J'en glissai six autres dans la poche de mon pantalon, armai le fusil et l'appuyai contre un arbre. Après quoi je déballai mes victuailles et cassai la croûte. J'étalai la moutarde sur le pain avec mon canif et pliai le sachet de papier pour m'en faire une assiette. Je bus le lait directement dans le carton. Pas mauvais. Rien ne vaut les repas en plein air. Je regardai ma montre : 2 h 45. Je mangeai un autre sandwich. Trois heures.

Les sauterelles stridulaient. Des moineaux voletaient dans les pins au-dessus de ma tête. De temps en temps, des automobiles chargées d'enfants, de mères de famille, de chiens et de jouets de plage gonflables passaient lentement sur la route en contrebas, mais elles devinrent de plus en plus rares à mesure que l'après-midi s'avançait.

Je terminai le lait avec mon quatrième sandwich, remballai le reste de pain et de saucisson dans le sachet de papier et rangeai celui-ci dans le sac de marin. A quatre heures et quart, une Lincoln Continental gris métallisé se rangea sur le bas-côté de la route, près de la ravine, et resta arrêtée un bon moment. La portière finit par s'ouvrir, et Wally Hogg en descendit. Il était seul. Immobile, il inspecta soigneusement toute la cuvette et les flancs de la butte, y compris l'endroit où j'étais tapi derrière mes broussailles. Finalement, il regarda des deux côtés de la route, se pencha à l'intérieur de la voiture et en sortit un fusil. Tenant discrètement celui-ci le long de sa jambe, il s'éloigna de la voiture et alla se poster derrière les arbres qui bordaient la route. La Lincoln démarra et disparut.

Une fois à l'abri des arbres, Wally prit moins de précautions pour dissimuler son arme, et je pus l'examiner à loisir. C'était une M 16, la carabine qui équipe l'infanterie américaine : calibre 7,62 mm, chargeur à vingt cartouches, poignée de transport escamotable, comme sur l'ancien B.A.R., et crosse de pistolet derrière le pontet, comme sur les vieilles Thompson. M 16 ? Seigneur, moi qui commençais tout juste à m'habituer à la M 1.

Portant sa M 16, Wally escalada le flanc du ravin presque en face de moi. Ses chaussures à hauts talons dérapèrent sur la pente escarpée, et il glissa presque jusqu'en bas. Ah ah ! Moi, j'y étais parvenu du premier coup. Au moment où la Lincoln était arrivée, j'avais pris mon fusil et je le tenais sur mes genoux. Je remarquai que j'avais les mains un peu moites. Je regardai mes jointures : elles étaient toutes blanches. Wally monta moins haut que moi. Trop gros. Tu devrais faire du jogging, Wally, te tenir en forme. A quelques mètres au-dessus du bord de la cuvette, il trouva des broussailles épaisses et s'installa derrière. D'en bas, il serait invisible. Une fois en position, il ne bougea plus. On aurait dit un gros crapaud embusqué.

Je regardai à nouveau ma montre. Cinq heures moins le quart. Des cavaliers passèrent en faisant sonner les sabots de leurs montures sur la route empierrée et disparurent. Wally Hogg était toujours là, informe et silencieux, surveillant la route. J'entendis craquer une allumette, et l'odeur du tabac parvint jusqu'à moi. Imprudent Wally. Et si j'étais arrivé à ce moment-là et que j'avais senti la fumée ? En forêt, cela se remarque de loin. Mais, dans les bois, Wally n'était pas sur son terrain. Là où il avait l'habitude d'évoluer, je suppose que l'on aurait pu fumer un bout de tuyau d'arrosage sans que personne ne s'en aperçoive. Les bois étaient secs, et j'espérai que Wally ferait attention à son mégot. Je n'aurais pas voulu qu'un incendie de forêt fasse échouer l'opération.

Je regardai une fois de plus ma montre : 5 h 15. J'avais la poitrine serrée comme si mon diaphragme était rouillé, j'éprouvais le tiraillement habituel derrière le nombril, et j'avais une grosse boule dans la gorge. Au-dessus de ma tête, entre les feuilles vertes des frondaisons, le ciel pommelé était encore bien bleu, dans cette fin d'après-midi estivale. Cinq heures et demie. L'heure du dîner approchait. Au-dessous de moi, la route était déserte. Les mamans, les gosses et les chiens rentraient à la maison faire chauffer la soupe et la manger avec papa. Six heures moins vingt. J'avais des fourmis dans les doigts et des démangeaisons sous les bras. Mes pectoraux étaient crispés, surtout à l'extérieur, vers l'épaule, et je les fis travailler pour essayer de les détendre. Je tirai deux tablettes de chewing-gum de la poche de ma chemise, retirai l'emballage, les pliai par le milieu et les fourrai dans ma bouche. Je roulai les emballages en boule, les glissai dans ma poche et mâchai la gomme. Six heures moins le quart. Je me rappelai qu'en Corée, avant le débarquement à Inchon, on nous avait fait manger des steaks et des œufs, pas du saucisson et du pain, mais le résultat avait été le même. Devant Inchon aussi, j'avais eu l'estomac noué. Et, à Inchon, je n'étais pas tout seul. Six heures moins dix.

J'observai Wally Hogg. Il n'avait pas bougé. Sa bouche n'était pas entrouverte, sa respiration n'était pas saccadée, il ne manquait pas d'oxygène. Il se disait qu'il allait rester planqué là-haut et me tirer dans le dos quand son patron lui ferait signe, ce qui se produirait aussitôt que Frank Doerr saurait exactement à quoi s'en tenir sur ce que j'avais contre lui et sur ce que j'avais pu raconter aux flics. A moins que Doerr ne tienne à m'abattre lui-même et que Wally ne soit là qu'en couverture. De toute façon, on n'allait pas tarder à le savoir, pas vrai ? Six heures moins sept. C'est fou ce que le temps passe vite, quand on s'amuse.

Je me levai. Le fusil était armé, prêt à tirer. Je le pris de la main droite, le canon vers le sol, contre ma jambe, et commençai à descendre la pente en effectuant un mouvement tournant à l'opposé de l'endroit où se tenait Wally Hogg. Nous étions à une centaine de mètres l'un de l'autre. En faisant attention, il ne m'entendrait pas. Je fis attention. Il me fallut dix minutes pour atteindre la route, à une cinquantaine de mètres au-delà de la ravine.

Il faisait encore grand jour, mais le bord de la route, sous les arbres, était un peu moins éclairé qu'en plein midi. Je restai hors de vue sous le couvert, tout près de la route, et écoutai. A six heures cinq, j'entendis une voiture s'arrêter et une portière s'ouvrir et se refermer. Balançant le fusil de chasse contre ma jambe, je remontai la route vers la combe. La voiture était une Cadillac Coupé-de-Ville marron, garée sur le bas-côté. Il n'y avait personne dedans. Je la dépassai et entrai dans la ravine, tournant le dos au soleil qui chauffait et illuminait la cuvette. Doerr se tenait près du rocher en aileron de requin. Pantalon marron, chaussures blanches, ceinture blanche, chemise noire, cravate blanche, veste de safari blanche, lunettes de soleil à monture noire, casquette de golf blanche. Un vrai dandy. Et probablement une fine mouche, par-dessus le marché. Il avait les mains vides lorsque je m'approchai de lui. Je ne levai pas les yeux vers Wally, mais je savais où il se trouvait : à une trentaine de mètres de moi, sur la gauche. Je m'avançai dans la ravine en laissant le rocher du même côté. Détendu et désinvolte, mon fusil toujours pointé vers le sol, comme si sa présence était fortuite, une simple coïncidence. A trois mètres de Doerr, avant que l'aileron de requin ne s'interpose entre Wally Hogg et moi, je m'arrêtai. Si j'étais passé derrière le rocher, Wally se serait déplacé.

— Bon Dieu, Spenser, pourquoi ce fusil ? dit Doerr.

— Par précaution. Vous savez ce que c'est, en forêt. On risque de tomber sur un écureuil enragé ou Dieu sait quoi.

Je sentais la présence de Wally Hogg là-haut, sur ma gauche, à trente mètres de moi. Je la sentais le long de mes côtes, sous mes aisselles et derrière mes genoux. Il ne bougeait pas. S'il changeait de place, je l'entendrais. Il n'était ni très agile, ni bien équipé. On ne peut pas se faufiler sans bruit avec des chaussures à talons épais, à moins de les retirer. Je tendis l'oreille et ne l'entendis pas.

— Il paraît que vous avez raconté des choses déplaisantes sur mon compte, Frankie.

— Qu'est-ce que vous voulez dire ?

— Je veux dire que vous avez déclaré que vous alliez me descendre.

Toujours aucun bruit du côté de Wally. Je me trouvais à un mètre cinquante environ de l'abri du rocher.

— D'où tenez-vous cela ?

J'aurais préféré ne pas imaginer Wally en train de se déchausser.

— Peu importe d'où je le tiens. Dites-moi que ce n'est pas vrai, Frankie.

— Ecoutez, minable, je ne suis pas venu dans ces putains de bois pour déconner avec un merdouillard de votre acabit. Vous avez quelque chose à dire ou non ?

— Vous n'êtes pas assez gonflé, Frankie.

Doerr rougit.

— Pour vous descendre ? Un tocard comme vous ? Je vous rectifierai quand je voudrai.

— Vous aviez l'occasion de le faire hier dans votre bureau, Frankie, mais je vous ai pris votre flingue et je vous ai fait chialer.

La voix de Doerr s'enrouait. Il parlait de plus en plus bas.

— Vous m'avez fait venir ici pour me balancer des vannes, ou vous avez quelque chose à me dire ?

Je tendais tellement l'oreille vers Wally que j'entendais à peine ce que me disait Doerr.

— Je vous ai fait venir ici pour vous dire que vous n'êtes qu'un foie blanc larmoyant, qui ne serait pas foutu de descendre une cheftaine un peu agressive sans embaucher quelqu'un pour lui prêter main forte.

Je partageais mon attention, observant Doerr aussi intensément que j'écoutais Wally, et la tension me faisait transpirer. L'effort faillit me faire grogner. Doerr avait la voix tellement rauque et étranglée qu'il pouvait à peine s'exprimer.

— Je vous interdis de me parler sur ce ton, dit-il, et cette phrase curieusement surannée eut autant de peine à franchir ses lèvres que de la boue à traverser un filtre bouché.

— Vous allez encore chialer, Frankie ? Qu'est-ce qui vous arrive ? Votre maman vous a mal torché ? C'est pour ça que vous êtes aussi foireux ?

Doerr était écarlate et les veines de son cou saillaient comme des cordes. Il remua les lèvres, mais aucun son n'en sortit. Alors il tira son pistolet. Je savais qu'il finirait par le faire.

Je relevai le fusil et tirai. Le pistolet lui échappa et rebondit sur le rocher en forme d'aileron de requin. Doerr partit à la renverse. Je ne le vis pas tomber. Je plongeai à l'abri du rocher et entendis le premier coup de feu de Wally faire gicler la terre derrière moi. J'atterris sur l'épaule droite, roulai sur moi-même et me relevai. La seconde balle de Wally percuta la pierre en éveillant une série d'échos. J'appuyai mon fusil sur l'extrémité inclinée du rocher, où il se trouvait à peu près à hauteur d'épaule, et tirai cinq cartouches en éventail, aussi vite que je pus actionner la pompe, sur le coin de bois où se trouvait Wally Hogg.

J'étais de nouveau planqué derrière le rocher, en train de recharger mon arme avec mes munitions de réserve, lorsque je l'entendis tomber. Je levai les yeux et le vis rouler dans les broussailles, sur la pente du ravin, et s'immobiliser au fond, sur le dos, le devant du corps déjà gluant de sang. Des feuilles, des brindilles et de la poussière s'y étaient agglutinées pendant la descente. Je me tournai vers Doerr. A trois mètres de distance, les chevrotines lui avaient arraché la moitié du ventre. Je détournai les yeux. Un liquide épais et acre me monta dans la gorge ; je le ravalai. Ils étaient morts tous les deux. C'est l'avantage du fusil de chasse. A courte portée, on n'a pas besoin d'aller tâter le pouls des victimes.

Je m'assis par terre et m'adossai au rocher. Ce n'était pas prévu au programme, et je n'avais aucune envie que quelqu'un me trouve là. Mais je m'assis tout de même, parce que je ne pouvais pas faire autrement. Mes jambes étaient devenues toutes molles. J'aspirais de grandes goulées d'air, et pourtant j'avais l'impression de manquer d'oxygène. J'étais trempé de sueur et, malgré la douceur de ce début de soirée, j'avais froid. Je frissonnai. Le liquide amer revint et, cette fois, je ne pus le ravaler. Je vomis, la tête entre les jambes, sous les yeux indifférents des deux macchabées.

Beau spectacle.

26

Il était sept heures moins le quart. Le fusil avait réintégré le sac de marin, le sac de marin avait réintégré le coffre de ma voiture, et je me trouvais sur la bretelle qui relie l'autoroute de Fells à la nationale 1. J'empruntai cette dernière en direction du nord et de Smithfield. En cours de route, je m'arrêtai pour acheter une bouteille de bourbon Wild Turkey. Avant de quitter la nationale pour pénétrer dans Smithfield, je dévissai la capsule, portai la bouteille à mes lèvres, me rinçai la bouche, crachai par la portière et bus un bon décilitre de whisky. Mon estomac fit des sauts de carpe lorsque la gnole y arriva, mais il finit par se calmer et le garda. Je récupérais. Je traversai la vieille grand-place, avec son église blanche et sa maison communale, et tournai à gauche dans Main Street. Une affaire m'avait amené là un an auparavant à peu près, et, depuis, j'avais appris à connaître assez bien la ville. Assez, en tout cas, pour savoir comment aller chez Susan Silverman. Elle habitait à cent mètres de la grand-place, dans une petite maison aux bardeaux délavés et aux fenêtres garnies de jardinières bleues pleines de pétunias rouges. Sa voiture était garée dans l'allée. Susan était chez elle. Il ne m'était pas venu à l'idée, jusque-là, qu'elle aurait pu ne pas y être.

Je longeai le passage de brique jusqu'à la porte d'entrée. Il était bordé, de chaque côté, par des plants de fraisiers, fleurs blanches et fruits verts, avec quelques taches rouges par-ci par-là. Un arroseur automatique se balançait lentement d'avant en arrière. La porte de la maison était entrebaillée, et j'entendis une musique qui ressemblait fort à du Stan Kenton. *Rythmes quintescenciés*. Merde.

J'appuyai sur la sonnette et m'adossai au chambranle en tenant ma bouteille de Wild Turkey par le goulot et en la laissant pendre contre ma cuisse. J'étais vanné. Susan vint ouvrir. Chaque fois que je la voyais, je ressentais le même choc au creux du plexus solaire que la première fois qu'elle m'était apparue. Cette fois-là ne fut pas différente des autres. Elle portait un Levis passé dont elle avait coupé les jambes, un bustier bleu foncé et des lunettes d'écaille à verres octogonaux. Elle tenait à la main un livre dont elle marquait la page avec son index.

— Qu'est-ce que tu lis ? demandai-je.

— Une biographie de Gandhi par Erickson, répondit-elle.

— Un crack, ce vieux Leif, dis-je.

— Ce n'est pas le même. Celui dont tu parles vivait au XIe siècle.

Elle regarda la bouteille de bourbon, dont il manquait un décilitre, et m'ouvrit la porte. J'entrai.

— Ça n'a pas l'air d'aller, dit-elle.

— Rien ne t'échappe, hein ?

— Ça irait mieux si je t'embrassais ?

— Oui, mais pas tout de suite. J'ai vomi. J'ai besoin de prendre une douche. Ensuite, on pourrait s'asseoir et bavarder en buvant du Wild Turkey.

— Tu connais le chemin, dit-elle.

Je posai le bourbon sur la petite table du salon et longeai le couloir jusqu'à la salle de bains. Le placard à linge, à côté de la salle de bains, recelait un nécessaire de toilette qui m'appartenait et contenait une brosse à dents, entre autres ustensiles indispensables. Je le pris et l'emportai dans la salle de bains... Je me lavai les dents, me douchai, me rinçai la bouche sous la douche, me savonnai, me brossai, me lavai la tête, me frictionnai et me récurai pendant près d'une demi-heure. *Va-t'en, va-t'en, tache maudite.*

Quand je me sentis enfin propre, je m'essuyai, enfilai un short de tennis que j'avais laissé dans le placard et me mis en quête de Susan. La stéréo s'était tue, et Susan m'attendait sous le porche de derrière, en compagnie de mon Wild Turkey, d'un verre, d'un seau de glaçons, de tranches de citron et d'un flacon de bitter.

Je m'assis dans un fauteuil d'osier peint en bleu et bus une bonne rasade au goulot de la bouteille.

— Tu as été mordu par un serpent ? me demanda Susan.

Je secouai la tête. Au-delà du porche treillissé, le terrain descendait en terrasses jusqu'à un ruisseau. Ces terrasses étaient plantées de fleurs multicolores — coleus, impatiens, bugles et un tas de pervenches — et, après le ruisseau, des arbres se resserraient jusqu'à former un bois.

— Tu veux manger quelque chose ?

Je secouai encore la tête :

— Non, je te remercie.

— Du bourbon au lieu de bière et pas de casse-croûte ? Ça va vraiment mal, hein ?

Je hochai la tête :

— Je crois.
— Tu veux m'en parler ?
— Oui, mais je ne sais pas quoi dire.
Je mis un peu de glace dans le verre, ajoutai un trait de bitter et un filet de citron, et complétai avec du bourbon.
— Il vaut mieux que tu boives aussi, dis-je. Ça passera mieux si tu es un peu soûle.
Elle acquiesça :
— Oui, c'est ce que j'étais en train de penser. Je vais chercher un deuxième verre.
Elle y alla et se servit un bourbon. Devant la maison, des gamins jouaient au hockey dans la rue, et on entendait vaguement leurs éclats de voix. Quelques oiseaux chantaient encore dans le bois, mais il commençait à faire sombre et ils n'étaient plus très nombreux.
— Il y a combien de temps que tu es divorcée ? demandai-je.
— Cinq ans.
— Cela a été dur ?
— Oui.
— C'est encore dur ?
— Non. Je n'y pense plus beaucoup. J'ai cessé d'avoir mauvaise conscience, et mon ex-mari ne me manque plus. En grande partie grâce à toi.
— Le type qui arrange tout.
Mon verre était vide et je m'en préparai un autre.
— Comment peut-on boire et manger autant que toi et avoir le ventre aussi plat ? dit Susan.
— Dieu a choisi de me faire beau plutôt que bon.
— Combien fais-tu de rétablissements par semaine ?
— Une multitude, à quelque chose près.
J'allongeai les jambes et me laissai glisser dans

mon fauteuil. Dehors, la nuit tombait et les premières lucioles avaient fait leur apparition. Devant la maison, les enfants étaient rentrés chez eux, on n'entendait plus que le murmure du ruisseau et, très loin, le bruit des voitures passant sur la nationale 128.

— *Je vois briller une lame de couteau dans l'herbe,* dis-je. *Et un tigre est tapi juste au-delà des flammes.*

— Halte, Spenser, nous sombrons dans la sensiblerie. Ou bien tu me dis ce qui te tourmente, ou bien tu ne le dis pas, mais, de grâce, ne reste pas vautré à me déclamer des vers de mirliton.

— Pas de chance. Je m'apprêtais à te réciter *Hamlet.*

— Si tu fais ça, j'appelle police-secours.

— D'accord. Tu as raison. Mais de la sensiblerie ? C'est dur, Susan.

Elle se versa un nouveau bourbon. Nous bûmes. Il n'y avait pas de lumière sous le porche, en dehors de celle qui provenait de la cuisine.

— Cet après-midi, j'ai tué deux hommes, dis-je.

— C'est la première fois que ça t'arrive ?

— Non. Mais ceux-là, je leur avais tendu un piège.

— Tu veux dire que tu les as assassinés ?

— Non, pas exactement. A moins que... je ne sais pas. Peut-être.

Elle resta silencieuse. Son visage faisait une tache pâle dans la pénombre. Elle était assise au bord d'une chaise longue, en face de moi, les genoux croisés, le menton appuyé sur son poing, le coude sur son genou. Je bus encore un peu de bourbon.

— Spenser, dit-elle, je ne te connais que depuis un an, mais je te connais à fond. Tu es un type bien. Tu es peut-être le type le plus droit que j'aie jamais rencontré. Si tu as tué deux hommes, c'est qu'il fallait le faire. Je te connais. Voilà ce que je crois.

Je posai mon verre par terre, me levai et me penchai sur elle. Elle leva son visage vers moi. Je pris sa figure entre mes deux mains, me penchai davantage et l'examinai attentivement. C'était une brune au visage énergique et intelligent, plein de dynamisme, avec de petites rides rieuses au coin des lèvres. Elle portait toujours ses lunettes, et, à travers les verres, ses grands yeux noirs paraissaient encore plus grands.

— Bon sang, fis-je.

Elle posa ses mains sur les miennes, et nous restâmes un bon moment dans cette position.

— Assieds-toi, finit-elle par dire.

Je m'assis à ses côtés et elle s'adossa à la chaise longue, m'attira contre elle et posa ma tête sur sa poitrine.

— Tu aimerais faire l'amour ? dit-elle.

Je respirai lentement, profondément.

— Non, dis-je. Pas maintenant. Restons allongés comme cela, sans bouger.

Elle m'entourait les épaules de son bras droit et me caressa la joue avec sa main gauche. Le ruisseau murmurait et, au bout d'un moment, je m'endormis.

27

Le lendemain était un mardi. Lorsque je montai dans ma voiture pour regagner Boston, après avoir pris mon petit déjeuner avec Susan, le temps était chaud et venteux. Je m'arrêtai en chemin pour acheter les journaux. C'était dans le *Herald American*, en bas de la première page : *Un caïd du milieu abattu.* Doerr et Wally Hogg avaient été découverts par un couple de jeunots venus se bécoter dans le ravin. Ni la police d'Etat ni la police municipale n'avaient encore fait aucun communiqué.

Lorsque je me garai sous la voie express, devant Harbor Towers, le vent faisait tournoyer la poussière dans l'accalmie succédant au grand rush matinal. Je déclinai à nouveau mon identité au gardien et pris l'ascenseur jusqu'au dernier étage. Bucky Maynard m'accueillit sans cérémonie, en tee-shirt des Red Sox tendu par sa bedaine.

— Qu'est-ce que vous voulez, Spenser ?

Sans cérémonie ne voulait pas dire amicalement. Lester était adossé au mur à côté de la porte du balcon, les bras croisés sur sa poitrine nue. Il portait un pantalon de survêtement bleu marine et des chaussures de jogging bleu ciel à bande bleu foncé.

Une grosse bulle rose lui sortit de la bouche, et il me lança un regard mauvais par-dessus.

— Il est difficile d'avoir l'air d'un dur en gonflant de la gomme à claquer, Lester, lui dis-je. Vous n'avez jamais essayé la tétine ?

— Je vous ai demandé ce que vous vouliez, Spenser.

Maynard avait toujours la main sur le bouton de la porte. Je lui tendis le journal.

— En bas de la première page, dis-je. A droite.

Il regarda l'article, lut le chapeau et tendit le journal à Lester.

— Alors ?

— Alors, vos ennuis sont peut-être terminés.

— Peut-être, dit Maynard.

— Alors, ceux de Marty Rabb le sont peut-être également ?

— Il a des ennuis ?

— Oui, et vous allez lui foutre la paix, maintenant que Frank Doerr ne vous exploitera plus ?

— Spenser, tout cela ne tient pas debout. Je ne fais absolument rien à Marty Rabb. En fait, je ne sais pas de quoi vous parlez.

— Si je comprends bien, vous allez vous dédommager de vos pertes, stupide salopard.

— Je ne vois pas pourquoi vous restez planté là à secouer la tête, Spenser, dit-il. C'est moi qui devrais me sentir offensé.

— Doerr exploitait Rabb par votre intermédiaire, mais cela ne vous rapportait pas un rond. Maintenant qu'il est mort, vous voulez passer à la caisse.

— Vous feriez mieux de vous retirer, Spenser. Vous devenez grossier.

Lester fit claquer sa bulle de gomme et gloussa. Il y avait des journaux sur la table à café, le *Globe* et le

Herald American. Ils étaient au courant avant mon arrivée, et Maynard avait déjà compris qu'il détenait maintenant la planche à billets.

— Vous n'avez pas envie de savoir pourquoi je vous trouve stupide ? dis-je.

— Non, aucune envie.

— Parce que vous étiez tiré d'affaire, indemne. Et que vous ne voulez pas profiter de l'occasion.

— Foutez le camp, dit Lester. Et n'oubliez pas que si quelqu'un faisait chanter Rabb, il le tiendrait aussi bien pour avoir truqué des parties que pour avoir épousé une putain.

— Peu importe, Lester, dit sèchement Maynard. Nous ne sommes au courant de rien, et Spenser s'en va.

— Je me ferais une joie d'accélérer son départ, Buck.

— Il s'en va, Lester. N'est-ce pas, Spenser ?

— Oui, je m'en vais, mais, comme on dit dans les films, je reviendrai, Bucky.

— A votre place, je n'en ferais rien. Je ne pourrai pas retenir Lester éternellement.

— Eh bien, faites de votre mieux, dis-je. Cela m'ennuierait de le tuer.

Maynard ouvrit la porte. Il n'avait pas retiré sa main du bouton.

— Hé, Spenser, dit Lester, je vais vous montrer un truc que vous ne connaissez pas. (Il mit ses deux mains derrière son dos et les ramena aussitôt devant lui. La droite tenait un automatique nickelé, probablement un Beretta.) Qu'est-ce que vous dites de ça, Monsieur Pro ?

— Lester, dis-je, si vous braquez encore une fois ce joujou sur moi, je vous le confisquerai et je vous descendrai avec.

Je sortis. La porte se referma derrière moi, et je quittai l'immeuble.

Dehors, le vent était plus chaud et plus fort. Je rentrai chez moi tellement déprimé que je ne regardai même pas les jupes des filles, ce que je faisais habituellement sans y penser, même les jours sans vent. Il y avait une voiture de police devant mon immeuble, le long du trottoir d'en face, avec deux flics dedans : Belson et le dénommé Billy.

Je me garai et m'approchai de la voiture.

— Alors, les gars, vous voulez quelque chose ou vous vous cachez seulement de votre patron ?

— Le lieutenant veut vous voir, dit Billy.

— Mais moi, je n'ai peut-être pas envie de voir le lieutenant.

Belson était affalé sur le siège de droite, une main sur les yeux.

— Ah, déconnez pas, Spenser, dit-il. Montez dans la bagnole. Quirk veut vous voir, et vous savez aussi bien que moi que vous allez venir.

Il avait raison, évidemment, mais, dans l'état d'esprit où je me trouvais, si on m'avait dit « blanc », j'aurais répondu « noir ». Je montai à l'arrière. Pendant les deux minutes qu'il nous fallut pour gagner le Central, personne ne dit mot.

Quirk avait déménagé, depuis ma dernière visite. Son nouveau bureau était au second étage et donnait sur Berkeley Street, avec vue plongeante sur les dactylos des compagnies d'assurances sortant pour pause casse-croûte. Sur la porte, une plaque annonçait *Brigade criminelle — Direction.*

Belson frappa et entra.

— Le voilà, Marty.

Quirk était assis derrière un bureau entièrement nu, à part un téléphone et un cube en plastique transparent contenant des photos de sa famille. Comme à l'accoutumée, il était impeccable et impassible. Je me demandai si ses pantoufles étaient astiquées tous les jours. Mais il ne devait pas posséder de pantoufles. Il ne dormait probablement jamais.

— Merci, Frank, dit-il. Je vais le recevoir en tête à tête.

Belson acquiesça et referma la porte derrière moi. Il y avait une chaise devant le bureau. Je m'y assis. Quirk me dévisagea sans rien dire. Je soutins son regard. Dehors, un agent réglait la circulation au carrefour de Stuart Street, et j'entendais son sifflet quand il faisait tourner les voitures autour de sa plate-forme.

— Je pense que c'est vous qui avez descendu les deux macchabées de Sangus, dit Quirk.

— Hon hon, fis-je.

— Je pense que vous leur avez tendu un piège et que vous les avez abattus.

— Hon hon.

— Je suis allé jeter un coup d'œil là-bas, ce matin de bonne heure, à la demande d'un des inspecteurs de la police d'Etat. Doerr n'a pas tiré. Wally Hogg a tiré, son chargeur est presque vide, on a trouvé un tas de douilles sur la pente, dans les bois, et il y a des traces de ricochet sur le flanc du gros rocher. Il y a également six cartouches vides de calibre 12 de l'autre côté du rocher, par terre. Les broussailles sont déchiquetées autour de l'endroit où se trouvait la M 16. Comme si quelqu'un avait tiré quatre ou cinq cartouches de fusil de chasse dans cette direction.

— Hon hon.

— Vous saviez que Doerr vous cherchait pour vous descendre. Vous lui avez fait savoir où il vous trouverait, vous vous êtes dit qu'ils essaieraient de vous tirer dans le dos, et vous avez pensé que vous pouviez les posséder. Et vous aviez raison.

— C'est formidable, Quirk, vous avez vraiment de l'imagination.

— C'est plus que de l'imagination, Spenser. Vous venez me payer à boire pour avoir des tuyaux sur Doerr. Le lendemain, on me signale que Doerr veut avoir votre peau, et, ce matin, j'examine officieusement les cadavres de Doerr et de son garde du corps dans les bois. Vous avez un alibi pour l'après-midi et la soirée d'hier ?

— J'ai besoin d'un alibi ?

Quirk prit le cube de plastique transparent sur son bureau et regarda les photos de sa famille. Le téléphone sonna dans la pièce voisine. Une machine à écrire cliquetait avec hésitation. Quirk reposa le cube sur son bureau et me regarda.

— Non, dit-il, je ne crois pas que vous en ayez besoin.

— Vous voulez dire que vous n'avez pas fait part de vos déductions aux flics de Sangus ?

— C'est en dehors de ma circonscription.

— Mais alors, bon Dieu, pourquoi suis-je ici, à vous écouter pérorer en hochant la tête ?

— Parce que, ici, vous êtes dans ma circonscription. (Le dactylographe amateur du bureau voisin continuait à tâtonner.) Ecoutez, Spenser, je ne vais pas prendre le deuil parce que Frank Doerr et son gorille ont passé l'arme à gauche. Et je ne suis même pas fâché que vous les ayez rectifiés. Il y a bien des gens qui n'y seraient pas arrivé, et il y en a beaucoup qui n'auraient pas essayé. Je ne sais pas pourquoi vous l'avez fait, mais je suppose que ce n'était pas par intérêt, peut-être même pas par sécurité. Si je devais faire une hypothèse, je dirais que c'était probablement pour libérer de leur emprise une tierce personne. L'emprisé, si j'ose dire.

— Vous osez, dis-je. Moi, je n'oserais pas.

— Ouais. Bon. Je vous suis reconnaissant de ne pas les avoir liquidés dans ma ville. Et je suis plutôt content qu'ils soient morts. Mais... (Quirk fit une pause et me regarda. Son regard était aussi dur et aussi pesant que ses poings.)... ne faites jamais une chose pareille dans ma ville.

Je gardai le silence.

— Et ne commencez pas à vous prendre pour une sorte de justicier, ajouta-t-il. Si vous vous en tirez ce coup-ci, ne soyez pas tenté de recommencer. Ni ici ni ailleurs. Vous comprenez ce que je vous dis ?

— Oui, je comprends.

— Nous nous connaissons depuis longtemps, Spenser, et nous éprouvons probablement un certain respect mutuel. Mais nous ne sommes pas des amis. Et je ne suis pas une relation comme une autre. Je suis un flic.

— C'est tout ?

— Non, dit Quirk. J'ai encore quelque chose à vous dire. Je suis un mari, un père et un flic. Mais, pour vous, il n'y a que le dernier qui compte.

— Non, pas tout à fait. Le mari et le père comptent aussi. Personne ne devrait être uniquement un boulot.

— Bon, nous sommes d'accord. Mais écoutez bien ce que je vous dis : je ne mangerai pas deux fois de ce pain-là.

— Compris.

— Bien.

Je me levai, me dirigeai vers la porte, m'arrêtai et me retournai.

— Marty ?
— Quoi ?
— J'aimerais vous serrer la main.
Il tendit le bras par-dessus son bureau et nous échangeâmes une vigoureuse poignée de main.

28

Personne ne m'offrit de me reconduire. Berkeley Street n'est pas très éloignée de chez moi, et je fus content de marcher un peu. Cela me donnerait le temps de réfléchir, et j'avais besoin d'un peu de répit. La situation avait considérablement évolué en quelques heures, pas toujours à mon idée. C'était prévisible, mais contrariant.

Il était midi passé lorsque j'arrivai à la maison. Je me préparai deux sandwiches à la laitue et à la tomate avec du pain de campagne, me versai un verre de lait, m'assis devant le plan de travail et me restaurai en me demandant où j'en étais, où les Rabb en étaient et où Buck Maynard en était. Je savais où en étaient Doerr et son tueur. Comme dessert, je mangeai une part de tarte à la rhubarbe. Je rangeai assiettes et couverts dans le lave-vaisselle, essuyai le plan de travail avec une éponge, me lavai les mains et la figure, et me mis en route pour Church Park. Ce n'était pas très loin, et je m'y rendis à pied. Il y avait encore beaucoup de vent, mais celui-ci soulevait moins de poussières tourbillonnantes dans Marlborough Street, et mes lunettes de soleil arrêtaient sans peine le peu qu'il y en avait. Linda Rabb me fit entrer.

— J'ai appris par la radio que Machinchouette Doerr et un autre homme avaient été tués, dit-elle.

Elle portait une robe ample sans manches, à larges rayures blanches et noires comme de la toile à matelas, et des sandales blanches. Sa chevelure était divisée en deux nattes, chacune nouée par un petit ruban blanc, et elle n'était pas maquillée.

— Oui, je l'ai appris également, dis-je. Votre mari est là ?

— Non, il est parti au stade.

— Et votre petit garçon ?

— Il est au jardin d'enfants.

— Il faut que nous causions.

Elle acquiesça.

— Je vous sers un café ou quelque chose d'autre ?

— Un café me fera plaisir.

— De l'instantané, ça vous va ?

— Bien sûr, sans crème.

Je m'assis dans le living-room pendant qu'elle préparait le café. De la cuisine me parvenaient les glapissements hystériques des programmes diurnes de la télévision. Le poste se tut et Linda Rabb revint, portant deux tasses de café sur un plateau rond de couleur noire. J'en pris une.

— J'ai vu Bucky Maynard, annonçai-je, et je bus une gorgée de café. Il refuse d'arrêter les frais.

— Malgré la mort de Doerr ?

Linda Rabb était assise sur le canapé, son café posé par terre devant elle. Je hochai la tête.

— Maintenant, il veut sa part du gâteau.

Nous gardâmes le silence. Linda Rabb plongea ses lèvres dans son café en tenant sa tasse à deux mains et en laissant la fumée lui chauffer le visage. Je bus un peu du mien. Il était encore trop chaud, mais je le bus quand même. Le bruit de ma déglutition me parut assourdissant.

— Nous savons tous les deux ce qui me reste à faire, n'est-ce pas ? dit Linda Rabb.

— Je crois, dis-je.

— Si je dévoile publiquement ma vie passée, nous serons débarrassés de Maynard ?

— Je pense que oui. Il pourrait encore révéler que Marty a truqué quelques parties, mais cela le compromettrait également, et il se coulerait en même temps que vous. Je ne vois pas pourquoi il le ferait. Il n'a rien à y gagner. Pas d'argent, aucun avantage. Et sa carrière serait aussi compromise que celle de Marty.

Elle resta penchée sur sa tasse de café.

— Je ne vois pas d'autre solution, dis-je.

Elle releva la tête et me regarda dans les yeux.

— Vous pourriez le tuer ?

— Non, dis-je.

Elle hocha la tête, les traits figés.

— Quelle serait la meilleure manière de faire cette confession ?

— Je vous trouverai un journaliste, et vous lui raconterez votre histoire comme vous l'entendrez, sans lui parler du chantage. Vous éviterez ainsi la conférence de presse, les photographes, tout le battage. Une fois l'article paru, vous me transmettrez toutes les demandes de renseignements. Vous avez un peu d'argent à la maison ?

— Bien entendu.

— Parfait, donnez-moi un dollar, dis-je.

Elle alla à la cuisine et en revint avec un billet de un dollar. Je rédigeai un reçu au dos de l'une de mes cartes professionnelles et la lui tendis.

— Maintenant, vous êtes ma cliente, dis-je. Je vous représente.

Elle hocha encore la tête.

— Et Marty ? demandai-je. Vous ne voulez pas le prévenir ? Ou en discuter avec lui, en parler ensemble ?

— Non. Amenez-moi le journaliste. Je lui ferai ma déclaration. Ensuite, j'avertirai Marty. Je ne le dérange jamais avant un match. C'est l'une de nos conventions.

— Comme vous voudrez. Où est le téléphone ?

Il était dans la cuisine, un poste mural rouge avec un long cordon. Je composai le numéro du *Globe* et demandai à parler à Jack Washington, un reporter criminel que j'avais connu au temps où je faisais partie de la police judiciaire du canton de Suffolk.

— Tu connais la nana qui tient la rubrique féminine de ton canard ? lui demandai-je. Celle qui a gagné l'année dernière une bourse Nieman pour Harvard ?

— Oui, elle serait ravie de savoir que tu l'as traitée de nana.

— Elle ne le saura pas. Tu peux l'envoyer à l'adresse que je vais t'indiquer ? Si elle vient, elle aura un scoop de première grandeur. Je t'en donne ma parole, mais je ne peux pas t'en dire plus.

— Je vais lui demander, dit Washington.

Il y eut un silence, peuplé par un brouhaha lointain de voix asexuées, puis une voix de femme vint en ligne.

— Allô ? Carol Curtis à l'appareil.

Je lui répétai ce que je venais de dire à Washington.

— Pourquoi vous adressez-vous à moi, Monsieur Spenser ?

— Parce que je lis votre rubrique, et que vous écrivez avec beaucoup de délicatesse. C'est une affaire qui demande davantage que « qui, quoi, quand, où ». Une femme et beaucoup de souffrances y sont impliquées, d'autres souffrances en découleront, et je ne veux pas qu'un lourdaud quelconque, nanti d'une carte de presse, vienne tout bousiller.

— J'arrive. Quelle est l'adresse ?

Je la lui donnai et elle raccrocha. J'en fis autant.

— Encore un peu de café ? proposa Linda Rabb lorsque j'eus reposé le combiné. L'eau est chaude.

— Oui, s'il vous plaît.

Elle mit une cuillerée de café instantané dans ma tasse, versa de l'eau dessus et agita le tout.

— Vous voulez une part de gâteau ou des biscuits ?

— Non, merci. C'est très bien comme ça.

Nous retournâmes dans le living-room et reprîmes nos places, moi sur le divan, Linda Rabb sur le canapé. Nous bûmes notre café en silence. Il n'y avait rien à dire. A deux heures et quart, la sonnette de l'entrée retentit. Linda se leva et alla ouvrir.

— Bonjour, dit la femme qui se tenait sur le seuil. Je suis Carol Curtis.

— Entrez, je vous prie. Je suis Linda Rabb. Un peu de café ?

— Oui, merci.

Carol Curtis était une petite brune aux cheveux courts. Elle avait un visage franc et éveillé, son nez et ses pommettes étaient constellés de taches de rousseur, et ses yeux bleus étaient ombragés de longs cils fournis. Sa robe rose à dessins brun-roux avait dû lui coûter cher.

— Je vous présente Monsieur Spenser, dit Linda Rabb avant de gagner la cuisine.

Je serrai la main de Carol Curtis. Elle portait une alliance en or à l'annulaire gauche.

— C'est vous qui avez téléphoné, dit-elle.

— Oui.

— Jack m'a un peu parlé de vous. Il semble que vous soyez quelqu'un de bien. (Elle s'assit à côté de moi sur le divan.)

— Jack a tendance à exagérer.

Linda Rabb revint avec du café et une assiette de biscuits et posa le tout sur la table basse, devant le divan. Après quoi elle se rassit sur le canapé et commença à parler, les yeux fixés sur ceux de Carol Curtis.

— Je suis la femme de Marty Rabb, dit-elle. Le lanceur des Red Sox. Mais mon vrai nom n'est pas Linda, c'est Donna, Donna Burlington. Avant d'épouser Marty, j'étais prostituée à New York et je tournais dans des films pornographiques.

— Attendez une minute, attendez une minute, disait Carol Curtis en fouillant dans son sac à la recherche d'un bloc et d'un crayon. (Linda fit une pause. Carol Curtis ouvrit le bloc et prit rapidement quelques notes dans une sorte de sténo.) Comment avez-vous fait la connaissance de votre mari, Madame Rabb ?

— A New York, dans ce que l'on pourrait appeler l'exercice de ma profession.

Et elle continua. Elle raconta tout d'une voix posée, monotone, comme on lit à un enfant une histoire trop souvent lue. Carol Curtis connaissait son métier. L'entrée en matière ne la fit pas sourciller, et elle posa très peu de questions. Elle comprenait de quoi il retournait, et elle laissa parler Linda Rabb.

Lorsque le récit fut terminé, elle demanda :

— Pourquoi m'avez-vous raconté cela ?

— Parce que je le portais en moi depuis trop longtemps, dit Linda Rabb. Je ne veux pas garder un secret qui me poursuivra et m'obsédera plus tard, peut-être quand mon fils sera plus âgé, peut-être...

Elle laissa sa phrase en suspens. En l'écoutant, j'eus le sentiment qu'elle disait vrai. Ce n'était pas la seule raison, mais c'en était une.

— Votre mari est au courant ?

— Il est au courant de tout.

— Où est-il, en ce moment ?

— Au stade.

— Il sait que vous faites cette... euh... confession ?

— Oui, il le sait, répondit Linda sans hésiter.

— Et il est d'accord ?

— Absolument.

— Madame Rabb... dit Carol Curtis, mais Linda Rabb secoua la tête.

— C'est tout, dit-elle. Excusez-moi. Monsieur Spenser me représente et, s'il y a quoi que ce soit à ajouter, ce sera lui qui le fera.

Après quoi elle resta immobile, les mains croisées sur ses genoux, et nous regarda en silence, Carol Curtis et moi.

— Pas de commentaire, dis-je, et Carol Curtis sourit.

— J'ai l'impression que vous allez pouvoir répéter cette phrase-là un certain nombre de fois, quand nous aurons publié cette histoire.

— Pas de commentaire, dis-je.

— Pourquoi est-ce un détective privé qui représente Madame Rabb dans cette affaire ? Pourquoi n'est-ce pas un avocat ou un attaché de presse, ou même un mari ?

— Pas de commentaire, dis-je, et Carol Curtis le répéta en même temps que moi, en hochant la tête et en remuant silencieusement les lèvres.

Elle referma son bloc-notes et se leva.

— Enchantée d'avoir fait votre connaissance, Spenser, dit-elle en me tendant la main. (Je la lui serrai.) Restez assis, dit-elle et elle se tourna vers Linda. Madame Rabb, dit-elle en lui tendant la main. (Linda Rabb la prit et la garda un instant dans la sienne.) Vous êtes une sainte, Madame Rabb. Pas une pécheresse. C'est ce que je ferai ressortir dans mon article.

— Merci, dit Linda Rabb.

— Vous êtes aussi, dit Carol Curtis, une femme bougrement courageuse.

29

Après le départ de Carol Curtis, je demandai à Linda Rabb si elle souhaitait que je lui tienne compagnie.

— Je préfère être seule, dit-elle.

— Bien, mais il faut que je téléphone à Harold Erskine pour le mettre au courant. Il m'a versé une provision, et je ne veux pas que cette histoire lui tombe dessus à l'improviste. Il est peut-être également préférable que je lui donne ma démission.

Elle acquiesça.

— Je l'appellerai de mon bureau, dis-je. Vous voulez que je sois présent quand vous annoncerez la nouvelle à Marty ?

— Non. Merci.

— Je crois que ça va marcher, mon petit. Si Maynard vous contacte, vous me prévenez immédiatement. D'accord ?

— Oui, certainement.

— Vous savez ce que vous a dit Carol ? (Elle hocha la tête.) Eh bien, je vous en dis autant.

Elle me fit un petit sourire et ne bougea pas. Je m'en allai en la laissant assise sur son canapé, regardant fixement le vide, pour autant que je pouvais m'en rendre compte.

Je pris un taxi jusqu'à mon bureau et appelai Harold Erskine. Je lui appris ce que Linda Rabb venait de révéler à la presse et qui paraîtrait probablement dans les journaux du matin, et je lui dis que je n'avais découvert aucun indice donnant à penser que Marty Rabb était joueur, ou qu'il truquait des parties, ou qu'il se faisait acheter. L'histoire de Linda Rabb ne lui fit pas plaisir, et il ne fut pas content non plus que je n'en sache pas davantage. Ou que je ne veuille pas en dire davantage.

— Vous vous foutez de moi, Spenser. Vous n'êtes pas franc du collier. Je suis sûr que vous en savez plus long que ça. Quand j'emploie quelqu'un, je veux pouvoir lui faire confiance. Vous me cachez quelque chose.

Je lui répondis que je ne lui cachais rien, mais que, s'il ne me croyait pas, il pouvait toujours refuser de régler ma note d'honoraires. Il me dit qu'il y réfléchirait, et nous raccrochâmes. Sur mon bureau traînaient des factures et des lettres dont j'aurais dû m'occuper. Je glissai le tout dans mon tiroir et fermai celui-ci à clef. On verrait cela plus tard. Je regardai ma montre : 4 h 45. Je me levai, quittai mon bureau et rentrai chez moi.

Le lendemain matin, la confession de Linda Rabb s'étalait à la une du *Globe*, en bas de la colonne de gauche, sous la signature de Carol Curtis. *La femme du champion de base-ball révèle sa double vie.* Je lus l'article en buvant du café et en mangeant des tartines de confiture de fraises, et c'était exactement ce qu'il fallait dire. Les faits étaient exposés tels que Linda Rabb les avait dévoilés, d'une façon compréhensive et intelligente. A l'intérieur du journal, à la page des sports, il y avait une photo de Marty et une de Linda, visiblement prise dans les tribunes en des temps plus heureux. Et merde.

Le téléphone sonna. C'était Marty Rabb.

— Spenser, le portier m'annonce que Maynard et un autre type demandent à me voir. Linda m'a dit de vous appeler.

— Elle est auprès de vous ?

— Oui.

— J'arrive. Ne les laissez pas entrer avant que je ne sois là.

— Si vous croyez qu'ils me font peur...

— Il y a de quoi avoir peur. Lester est armé.

Je raccrochai et courus à ma voiture. Moins de dix minutes plus tard, j'étais dans le hall de Church Park, et Bucky et Lester me regardaient d'un air mauvais. Le portier nous annonça, et nous montâmes tous les trois par le même ascenseur. Personne ne dit mot, et, dans la cabine, on aurait pu couper le silence au couteau.

Marty Rabb vint ouvrir et nous entrâmes à la queue leu leu, moi en tête, Lester fermant la marche. Linda Rabb sortit de la chambre à coucher en tenant son petit garçon par la main. Rabb nous fit face au centre du living-room, les pieds légèrement écartés, les poings sur les hanches. Il portait une chemisette blanche à manches courtes, et ses bras minces, noueux, étaient bronzés jusqu'au milieu des avant-bras et blancs au-dessus. Je songeai qu'il devait lancer en survêtement.

— Bon, dit-il. Finissons-en et foutez le camp d'ici. Tous les trois.

— Je veux savoir où vous comptez en venir au juste avec cette stupidité dans les journaux, dit Bucky Maynard. Vous vous imaginez que cela va mettre fin à nos relations ? Parce que si c'est ce que vous croyez, vous feriez bien d'y réfléchir à deux fois, mon garçon.

— J'y ai suffisamment réfléchi comme ça, Maynard, dit Rabb. Vous et moi, nous n'avons plus rien à nous dire.

— Vous pensez que je n'ai plus aucun moyen de pression sur vous, hein ? J'ai la liste de toutes les parties que vous avez truquées, mon garçon. De tous les tours de batte où vous avez fait cadeau d'une course à l'équipe adverse. Et je suis aussi capable que votre souris de raconter ma vie aux journaux, vous savez ?

Lester, mollement appuyé contre le mur, près de l'entrée, les bras croisés sur la poitrine, mâchait du chewing-gum. Ce jour-là, il incarnait Che Guevara : pantalon de treillis, bottes lacées, veste de treillis aux manches coupées et béret noir. Sa chemise pendait par-dessus son pantalon. Je me demandai si le Beretta nickelé était glissé sous sa ceinture.

— Vous pourriez le faire, dis-je. Mais vous ne le ferez pas.

Linda se tenait aux côtés de Marty, la main gauche posée sur le bras de son mari, la droite tenant le petit garçon.

— Je ne le ferai pas ?

— Non. Parce que vous ne pouvez rien dire sans vous couler du même coup. Dénoncer Marty ne vous rapporterait pas un rond, et vous seriez obligé de révéler le rôle que vous avez joué dans l'affaire. Marty serait viré du base-ball, d'accord, mais vous aussi, gros lard.

Maynard devint rouge brique.

— Vous croyez ça ? dit-il.

— Et comment. Dites un mot à qui que ce soit, et vous vous retrouverez à Dalrymple, Géorgie, en train de commenter les courses de dragsters. Et vous le savez.

Tout le monde regarda tout le monde. Personne ne dit rien. Lester fit claquer son chewing-gum.

— Il semble donc que je vous tienne autant que vous me tenez, dit enfin Rabb. C'est un match nul, espèce de gros salopard. Et l'histoire s'arrête là. Mais je vous avertis une fois pour toutes : je continuerai à lancer et vous continuerez à commenter, mais si jamais vous tentez quoi que ce soit contre moi, contre ma femme ou contre mon gosse, je vous tue.

— Vous ne seriez pas foutu de tuer une mouche à merde, dit Lester.

Rabb garda les yeux fixés sur Maynard.

— Et empêchez cette ordure de pédé de s'approcher de moi, dit-il, sinon je le tue aussi.

Lester s'écarta du mur. Toute trace de mollesse avait disparu. Il prit la position de combat du tae kwon doe comme un guerrier enfile son armure.

— Maman, dit le petit garçon, pas très fort, mais avec un sanglot dans la voix.

— Emmène le petit, Linda, dit Marty.

La femme et l'enfant reculèrent en direction de la chambre. Maynard était très rouge et tout luisant de sueur.

— Hé, môme, dit Lester, ta maman est une putain.

Rabb lui décocha un swing du gauche. Lester le bloqua avec son avant-bras, puis, pivotant sur son pied gauche, il fit décrire un cercle complet à son pied droit, dont le talon atteignit Rabb du côté droit, à la hauteur des reins. Cette ruade avait obligé Lester à faire demi-tour, mais il se retourna à la vitesse d'un ressort qui se détend. Il était fort, l'animal. Rabb chancela, mais ne tomba pas. Le prochain coup l'enverrait au tapis, ou, au moins, l'esquinterait sérieusement. Si ce n'était pas déjà fait. Un coup de pied comme celui-là peut faire éclater un rein.

— Spenser, dit Linda Rabb en entourant son mari de ses bras. Arrête, Marty, dit-elle, arrête.

Le petit garçon se blottit contre les jambes de ses parents, et Marty Rabb entraîna sa femme et son fils avec lui lorsqu'il repartit à l'assaut de Lester. Celui-ci avait repris sa posture de combat. Il gonfla une grosse bulle de chewing-gum et la ravala. Il se trouvait à peu près à un mètre de moi, sur ma gauche. Je fis un pas en avant et lui assenai le coup du lapin sur la nuque, derrière l'oreille. Ses genoux se replièrent sous lui, et il s'effondra dans la position d'un pénitent en prière.

— Marty, dis-je, faites sortir votre femme et votre gosse. Il ne faut pas que le petit voit cela. Regardez-le.

L'enfant se pelotonnait contre la jambe de sa mère, pétrifié de terreur. Marty se pencha, le souleva de terre et, serrant sa femme contre lui avec son autre bras, les emmena tous les deux dans la chambre à coucher.

— Je vous répète ce que vous a dit Rabb, espèce de gros sac de tripes, dis-je à Maynard. Vous et votre gravure de mode, vous vous tenez à l'écart de Rabb jusqu'à la fin de vos jours, ou je vous expédie tous les deux à l'hôpital.

Lester se remit debout et revint à la charge, mais il était vacillant. Il voulut me refaire le coup de la ruade, mais celle-ci fut trop lente. Je l'esquivai, me rapprochai et envoyai mon poing gauche vers l'estomac de Lester. Celui-ci le bloqua et me frappa au plexus solaire. Je bandai mes muscles pour amortir le coup, mais il me fit quand même mal. Un bon punch, avec le poing en vrille à l'arrivée, mais il n'y avait pas autant de puissance qu'il aurait fallu par-derrière, et j'étais maintenant au corps à corps, tout contre Lester. Je pesais sept ou huit kilos de plus que lui et j'étais plus musclé. Tant que je resterais en prise, je pourrais neutraliser sa rapidité et utiliser ma force. Je le refoulai contre le mur, coinçai mon menton au-dessus de son épaule et lui pilonnai l'estomac. Je le fis souffrir. Il grogna et me martela le dos de ses deux poings, mais, de ce côté-là, j'étais protégé par une épaisse couche de muscles : vingt ans de travail avec les trapèzes et les grands dorsaux. J'empoignai Lester à deux mains par le devant de sa chemise, le décollai du mur et l'y plaquai à toute volée. Sa tête bascula en arrière et heurta brutalement le mur. Celui-ci était en carreau de plâtre, et elle y creusa un trou. Je le catapultai une deuxième fois, et il s'affaissa. Je levai mon poing gauche au-dessus de ses bras et le frappai sur le côté du visage, à la tempe, avec le bord du poing, pour ne pas m'abîmer les jointures. Une sorte de fièvre me gagnait, et je voyais tout comme dans un brouillard. Je le sonnai contre le mur, puis je reculai et cognai du gauche, et encore du gauche, et puis du droit, en pleine figure. Maintenant, je distinguais à peine son visage, une simple tache blanche flottant devant moi. Il commença à fléchir. Je l'empoignai de la main gauche par son col de chemise, le redressai et frappai du droit. Il fléchit encore plus, et je le maintins contre le mur avec la main gauche en cognant du droit. Son visage n'était plus blanc : il était plein de sang et tressautait mollement à chaque coup. En tenant Lester et en le frappant, j'avais l'impression que tout mon être s'était rassemblé dans mon poing. Le rythme des coups se répercutait dans ma tête, et je n'entendais plus rien d'autre. J'eus vaguement conscience que quelqu'un me tirait en arrière, et je le repoussai d'un coup de poing. Et puis j'entendis des voix. Je continuai à cogner. Je finis par reconnaître la voix de Linda Rabb. Les coups dans ma tête diminuèrent un peu.

— Assez, Spenser ! Assez, Spenser ! Vous êtes en train de le tuer. Arrêtez !

Quelqu'un me prit le bras, et c'était Marty Rabb, et le visage inconscient de Lester n'était plus qu'un magma sanguinolent devant moi. Maynard était assis par terre, la bouche ouverte, le nez en sang. Ce devait être lui que j'avais repoussé.

— Assez, assez, assez !

Linda Rabb se cramponnait à mon bras et essayait de détacher ma main de la chemise de Lester. J'ouvris les doigts et m'écartai, et Lester s'écroula. Maynard se glissa jusqu'à lui sans se relever et entreprit d'essuyer avec son mouchoir le sang qui lui couvrait le visage. Je vis la poitrine de Lester se soulever et s'affaisser au rythme de sa respiration, et je m'aperçus que, moi aussi, je haletais. Marty et Linda Rabb me dévisageaient avec des yeux ronds. Le petit garçon tenait la main de sa mère. Ses joues étaient baignées de larmes et il paraissait terrifié, mais il ne disait rien.

— Bon Dieu, Spenser, dit Rabb, qu'est-ce qui vous a pris ? Vous étiez comme fou.

Maintenant, j'étais en nage, comme si je faisais une poussée de fièvre. Je secouai la tête.

— L'excès de tension, dis-je. Nous avons tous été soumis à une tension terrible. Je regrette que le petit ait assisté à cela.

Maynard était allé chercher des serviettes mouillées dans la salle de bains et nettoyait Lester après lui avoir posé une compresse froide sur le front.

— Réfléchissez à ce qui vient de se passer, mon petit Bucky, dis-je. Ne me mettez plus en colère.

Lester remua un peu. Il avait les lèvres tuméfiées et un œil fermé. Maynard continua à lui bassiner le visage avec la serviette humide.

— C'est fini, Lester, dit-il. C'est fini.

Lester se redressa et repoussa la serviette.

— Aide-moi à me relever, marmonna-t-il.

Maynard se leva et remit Lester sur ses pieds.

— Allons-nous-en d'ici, dit Lester.

Maynard passa un bras autour de sa taille pour le soutenir et le conduisit vers la porte.

— Bucky, dis-je, nous sommes d'accord pour le match nul ? Et pour en rester là dans l'avenir ?

Maynard hocha la tête. Il était blanc comme un linge, en dehors de la petite tache brune formée par le sang qui séchait sur sa lèvre.

— Je veux rentrer à la maison, Bucky, bredouilla Lester.

— Oui, oui, Lester, on rentre à la maison, dit Maynard, et ils s'en allèrent.

Linda Rabb s'assit par terre avec son fils, le serra contre elle et enfouit son visage dans ses cheveux. Ils se balancèrent lentement d'avant en arrière, tandis que Marty Rabb et moi restions plantés au-dessus d'eux, gênés, ne sachant pas quoi dire.

— Bon, eh bien, je crois que nous avons fait tout ce qu'il y avait à faire, Marty, finis-je par déclarer.

Il me tendit la main.

— Je suppose que je vous dois des remerciements, Spenser. Nous étions dans un merdier dont nous n'aurions pas pu nous sortir sans vous. Je ne sais pas exactement où nous en sommes maintenant, mais je vous remercie de ce que vous avez fait. Y compris pour Lester. Il doit être trop calé pour moi en tae kwon dong ou je ne sais quoi.

— Pour moi aussi, il aurait peut-être été trop calé si je n'avais pas commencé par l'estourbir.

Nous nous serrâmes la main. Linda Rabb ne leva pas les yeux. Je sortis sur le palier. Elle ne me dit pas au revoir.

Je ne l'ai jamais revue.

30

— Et tu as continué à taper dessus, dit Susan Silverman.

Nous étions assis au fond de la salle du *Last Hurrah*, en train de consulter le menu et de boire le premier verre de la soirée. Le mien était une chope de bière ; le sien, un gimlet-vodka.

— J'avais l'impression que tout bouillonnait et explosait en moi. Ce n'était pas sur Lester que je cognais, c'était sur Doerr, et sur Wally Hogg, et sur moi, et sur cette affaire, et sur la façon dont les choses se goupillaient pour que tout le monde trinque plus ou moins. Tout cela a positivement jailli hors de moi, et j'ai bien failli tuer ce pauvre connard.

— D'après ce que tu m'as dit, il méritait probablement cette raclée.

— Oui, il la méritait. Ce n'est pas ça qui me tracasse. Je ne suis pas censé faire ce genre de chose.

— Je sais, Superman, j'ai vu le grand S rouge sur ta poitrine.

— Tu n'as pas vu que ça, ma douce amie.

— D'accord, mais c'est la seule chose dont je me souvienne.

— Oh, dis-je.

Elle me sourit. Un de ses merveilleux sourires qui

illuminaient son visage comme des levers de soleil et semblaient animer tout son corps.

— En réfléchissant bien, il se pourrait que je me souvienne de quelque chose d'autre.

— On pourra peut-être essayer de te rafraîchir un peu la mémoire, après le dîner, dis-je.

— On verra ça.

Le garçon vint prendre notre commande, s'en alla et revint peu après avec une nouvelle chope de bière pour moi.

— L'ironie de la chose, dis-je, c'est que Linda Rabb est mariée avec un super-macho, qu'elle avait pour défenseur ton serviteur, avec son grand S rouge sur la poitrine et son revolver dans la poche, et que c'est elle qui a sauvé son ménage. Pendant que nous autres mâles restions là à tergiverser, c'est elle qui a fait ce qu'il y avait à faire. Ils souffraient tous les deux, et je n'ai pas pu les en sortir, et son mari n'a pas pu les en sortir. C'est elle qui s'en est tirée et qui en a tiré son mari.

— Maynard a cessé son chantage ?

— Bien sûr, il n'avait pas le choix. Il n'avait rien à y gagner et tout à y perdre.

Je bus un peu de bière. Le garçon nous apporta deux douzaines d'huîtres et une bouteille de Chablis.

— Les journaux ont été gentils pour Madame Rabb.

— Oui, assez. Il est arrivé des tas de lettres, dont quelques-unes vraiment ignobles, mais le service de presse du club s'en occupe et elle n'a pas eu à en lire beaucoup.

— Et Marty, comment réagit-il ?

— Il s'est colleté avec un spectateur dans le Minnesota, ce qui lui a valu trois jours de suspension. Depuis, il la boucle, mais on voit qu'il souffre.

— Et toi ?

Je haussai les épaules. Le garçon enleva les assiettes et les remplaça par des bols de bisque de crabe et de homard.

— Et toi ? répéta Susan.

— J'ai tué deux hommes et failli en tuer un troisième.

— Si tu ne les avais pas tués, Linda Rabb n'aurait pas pu faire ce qu'elle a fait.

— Je sais.

— Ce n'est pas la première fois que tu tues quelqu'un.

— Non.

— Ils t'auraient descendu.

— Oui.

— Alors, c'était inévitable, non ?

— Je leur ai tendu un piège. Je les ai attirés là-bas pour les tuer.

— Oui, et tu les as affrontés face à face, seul contre deux, comme dans les films de John Wayne. Combien d'hommes en auraient fait autant, d'après toi ?

Je secouai la tête.

— Tu crois qu'ils auraient fait cela, eux ? Sûrement pas. Ils cherchaient à te faire tomber dans une embuscade. S'ils y étaient parvenus, tu penses qu'ils auraient des remords, actuellement ?

Je secouai encore la tête.

— Tu aurais été forcé de les tuer un jour ou l'autre, dit Susan. Maintenant, c'est fait. Peu importe comment.

— C'est précisément le « comment » qui importe. C'est la seule chose qui compte.

— L'honneur ? dit Susan.

— Tout juste.

Le garçon vint enlever les bols et rapporta du cabillaud pour Susan et un steak pour moi. Nous mangeâmes un instant en silence.

— Blague à part, dit Susan, tu ne crois pas que tu es un peu âgé et un peu trop expérimenté pour ce genre d'enfantillages ?

Je secouai la tête.

— Non. Et Rabb non plus. Je sais ce qui le tourmente. Cela me tourmente également. Le code n'a pas fonctionné.

— Le code ? dit Susan.

— Oui, le sens du devoir, l'honneur, le code, appelle ça comme tu voudras. Il ne prévoyait pas cette situation.

— On ne peut pas l'aménager ?

— Alors, ce n'est plus un code. Vois-tu, être un homme, c'est un truc assez hasardeux et arbitraire. Tu l'as peut-être remarqué. Et, pour que ce ne soit pas trop hasardeux ni trop arbitraire, on a besoin de croire en quelque chose. Il y en a qui croient à la religion, ou au succès, ou au patriotisme, ou à la famille, mais ce n'est pas valable pour tout le monde. Prends un type comme moi : je n'ai pas de religion, pas de famille, rien de ce genre. Alors on adopte un certain système, un ensemble de principes, et on s'y tient. Pour Rabb, c'est le base-ball. On se donne à fond, on se dépense au maximum, on ne se plaint jamais, etc., et, si on est bon, on gagne. Plus on est bon, plus on gagne, donc plus on gagne, plus ça prouve qu'on est bon. Mais, pour Rabb, c'est aussi protéger sa femme et son gosse, et les deux systèmes sont entrés en conflit. Il ne pouvait pas être fidèle aux deux. Maintenant, il a transigé, et il n'aura plus jamais la même opinion de lui-même.

— Et toi, Spenser ?

— Moi non plus, probablement. Je ne sais pas si le système que j'ai choisi porte seulement un nom, mais il a quelque chose à voir avec l'honneur. Et l'honneur est un sentiment qui se justifie par lui-même. Tu comprends ?

— *L'ignorait-il,* dit Susan, *celui qui mourut un vendredi ?*

— Oui, d'accord, je sais. Mais moi, tout ce que je possède, c'est ma façon de me conduire dans la vie. C'est le seul système avec lequel je me sente en harmonie. Quelle que soit ma personnalité, elle est basée sur un certain nombre de principes, notamment de ne pas faire ce que j'estime ne pas devoir faire. Ou ne pas vouloir faire. C'est pour cela que je n'ai pas pu rester dans la police. C'est ce qui me différencie de Martin Quirk.

— Peut-être Quirk a-t-il simplement choisi un autre système, dit Susan.

— Oui, je crois que c'est le cas. Tu commences à piger.

— Et, dit Susan, deux des impératifs catégoriques de ton système consistent à ne jamais laisser exploiter des innocents et à ne jamais tuer volontairement. C'est peut-être mal dit, mais c'est le principe, non ?

J'approuvai de la tête.

— Et cette fois-ci, dit-elle, tu ne pouvais pas obéir en même temps à ces deux impératifs. Il fallait que tu en violes un.

J'acquiesçai encore.

— Je comprends, dit-elle.

Nous mangeâmes un instant sans mot dire.

— Je ne peux rien y faire, dit-elle finalement.

— Non, dis-je, tu ne peux rien y faire.

Nous terminâmes notre repas en silence.

— Dorénavant, tu vas te sentir un peu amoindri, hein ? dit-elle.

— Eh bien, je me suis rendu compte que je n'étais pas invulnérable. Je suppose que cela arrive à tout le monde de temps en temps. Peut-être est-ce inhérent à la nature humaine.

Elle me regarda par-dessus sa tasse de café.

— C'est possible, dit-elle.

Je ne me sentis pas bien, mais je me sentis mieux. Le garçon apporta l'addition.

Dehors, dans Tremont Street, Susan glissa son bras sous le mien. La nuit était tiède et le ciel plein d'étoiles. Nous partîmes à pied vers Commonwealth Avenue.

— Spenser, dit Susan, tu es un cas type pour le mouvement féministe. Un prisonnier de la mystique mâle, etc. Et j'aimerais pouvoir te dire : pour l'amour du ciel, pauvre imbécile, laisse tomber toutes ces stupidités à la Hemingway. Et cependant... (elle appuya sa tête contre mon épaule tout en parlant)... et cependant, je ne suis pas sûre que tu aies tort. Je ne suis pas sûre que tu ne sois pas exactement tel que tu devrais être. Ce dont je suis sûre, c'est que tu me plairais moins si cela ne te tourmentait pas d'avoir tué ces deux hommes.

A Park Street, nous prîmes Commonwealth Avenue et la suivîmes tout du long jusqu'au jardin public. Les pédalos étaient rangés pour la nuit. Par Arlington Street et Marlborough Street, nous gagnâmes mon immeuble. Nous montâmes en silence, toujours bras dessus, bras dessous. J'ouvris ma porte, et elle entra la première dans l'appartement. Dans l'antichambre, sans allumer la lumière, je la pris dans mes bras.

— Susan, dis-je, je crois que je pourrais t'inclure dans mon système.

— Pas de baratin sentimental, dit-elle. Déshabille-toi.

DU MÊME AUTEUR

Aux Éditions Gallimard

Dans la collection Série Noire

LE COR SONNE LE GLAS, *n° 1801*

RAMDAM-DAME, *n° 1818*

PRINTEMPS POURRI, *n° 1838*

LA BELLE ET LES TÉNÈBRES, *n° 1864*

LA FUGUEUSE ENCHANTÉE, *n° 1897*

UN PEU DE DISCRÉTION !, *n° 1947*

SÉRIE NOIRE

Dernières parutions :

1825. — BALLES NÈGRES .... *A.D.G.*
1826. — LA MORT AU PETIT TROT .... *Dick Francis*
1827. — LES LOUPS SONT INNOCENTS .... *A. B. Guthrie Jr.*
1828. — PETITE MUSIQUE DE SANG.............. *James Gollin*
1829. — LA PUPILLE DE LA MAFIA .... *Loren D. Estleman*
1830. — PARDONNEZ-MOI VOS OFFENSES .... *Michael L. Parrott*
1831. — DRACULA FAIT MAIGRE .... *Stuart Kaminsky*
1832. — UN POULET CHEZ LES SPECTRES .... *Ed McBain*
1833. — LA FOIRE AUX LONGS COUTEAUX .... *Gregory McDonald*
1834. — LES MAÎTRES DU BAL .... *Richard Harper*
1835. — IL N'Y A PAS D'INNOCENTS .... *Bill Pronzini*
1836. — VOL ET VOLUPTÉ .... *Lawrence Block*
1837. — LA LOUVE À DEUX PATTES .... *Jonathan Valin*
1838. — PRINTEMPS POURRI .... *Robert B. Parker*
1839. — GOOD-BYE, CHICAGO .... *W. R. Burnett*
1840. — TU MANQUES PAS D'AIR............... *Thomas Chastain*
1841. — FLIP-FRAC .... *Philippe Conil*
1842. — LA DÉCHIRURE....................... *Arthur Lyons*
1843. — ON TUE AUSSI LES ANGES .... *Kenneth Jupp*
1844. — LE PIGEON DU FAUBOURG .... *Jean Amila*
1845. — AGENT TROUBLE .... *Norman Garbo*
1846. — CHÂTEAU EN ESBROUFE .... *Donald E. Westlake*
1847. — L'ANNONCE FAITE À MATCHO........... *Bialot & Courchay*
1848. — EFFETS SPÉCIAUX.................... *Max Perry*
1849. — LE CLOU DE LA SAISON .... *John Crosby*
1850. — EXIT................................ *Paul Clément*
1851. — MEURTRES COUSUS D'OR .... *Richard Hugo*
1852. — LE PEUPLE DE L'OMBRE............... *Tony Hillermann*
1853. — UN TRÈS MAUVAIS SOUVENIR .... *Dorothy Uhnak*
1854. — SACCAGE À CANNES................... *Raf Vallet*
1855. — SOLO DE FLIC .... *Wayne C. Ulsh*
1856. — LA POSITION DU TIREUR COUCHÉ........ *J.-P. Manchette*
1857. — LES PENDUS EN BALADE .... *Robert J. Steelman*
1858. — UN FURET DANS LE MÉTRO .... *Lou Cameron*
1859. — LA LIBERTÉ ET LA MORT .... *Christopher Hudson*
1860. — VIVE LES VIOCS ! .... *L. A. Morse*
1861. — LA JAVA DES LOQUEDUS .... *Jay Cronley*
1862. — ON N'EST PAS DES CHIENS .... *A. D. G.*

1863. — LES MÉCANOS DE LA MORT .... *John Dunning*
1864. — LA BELLE ET LES TÉNÈBRES .... *Robert B. Parker*
1865. — FAUT PAS AVOIR HONTE .... *Arthur Lyons*
1866. — POUR QUI SONNE LE CLAP .... *Stuart Kaminsky*
1867. — LA PISCINE BALADEUSE .... *E. V. Cunningham*
1868. — LES DAMNÉS DU BITUME .... *Richard Stevenson*
1869. — AU DOIGT ET À L'OREILLE .... *Ross Thomas*
1870. — LE PORT DE LA MAGOUILLE .... *Dan Kavanagh*
1871. — GRAFFITI ROCK .... *Tito Topin*
1872. — FAUSSES NOTES .... *Ed McBain*
1873. — MATCHO ET LES FOURMIS BLANCHES .... *Bialot & Courchay*
1874. — JAZZ GANG .... *H. Paul Jeffers*
1875. — L'ENNEMI PUBLIC N° 2 .... *Gérard Lecas*
1876. — RETOUR EN FLÈCHES .... *Robert J. Steelman*
1877. — LE RESPECT SE PERD .... *Christian Garrison*
1878. — LES COW-BOYS DEHORS ! .... *Edmund Naughton*
1879. — DARLING DOLLAR .... *Raf Vallet*
1880. — ARRÊTEZ LE CINOCHE ! .... *Evan Field*
1881. — LE BOUCHER DES HURLUS .... *Jean Amila*
1882. — LA SAUTERELLE ET LE DIRIGEABLE .... *Walter Wager*
1883. — FRIC EN VRAC .... *Gérald Petievich*
1884. — LA VIERGE DE GLACE .... *Marc Behm*
1885. — QUI VOUS PARLE DE MOURIR .... *G. Carré & D. Cohen*
1886. — COUP DE CHALEUR .... *Ed McBain*
1887. — PLANQUE À BILLETS .... *Gérald Petievich*
1888. — LES ANGES ONT CES YEUX-LÀ .... *Loren D. Estleman*
1889. — BRELAN DE NIPPONS .... *Tito Topin*
1890. — LES AZTÈQUES SONT TOUJOURS LÀ .... *Paul Spike*
1891. — KAMERAD .... *Alan Scholefield*
1892. — LE CAVALIER MAUDIT .... *James Sherburne*
1893. — UN ÉTÉ GLACÉ .... *Philippe Conil*
1894. — UN CLOWN EN CAGE .... *Stuart Kaminsky*
1895. — C'EST PAS UN MÉTIER .... *Bill Pronzini*
1896. — JE TUE À LA CAMPAGNE .... *Paul Clément*
1897. — LA FUGUEUSE ENCHANTÉE .... *Robert B. Parker*
1898. — CHAUDS LES BALLONS .... *John D. MacDonald*
1899. — LA NUIT N'EN FINIT PAS .... *Arden Winch*
1900. — AUX ARMES, MÉGALOS .... *Raf Vallet*
1901. — LA PÉTROLEUSE ET LE PUR-SANG .... *James Sherburne*
1902. — LE SOLEIL QUI S'ÉTEINT .... *Robin Cook*
1903. — RUE DU CHAT CREVÉ .... *Joseph Bialot*
1904. — LA MARIÉE EST TROP MORTE .... *John D. MacDonald*
1905. — 55 DE FIÈVRE .... *Tito Topin*
1906. — TOUT DANS LE COFFRE ! .... *Loren D. Estleman*

1907. — LADY TÊTE-DE-LARD — *Hardiman Scott*
1908. — LA VALSE DES PAVÉS — *John Wainwright*
1909. — ELLE A DU CHOU — *Robert Leigh*
1910. — CORRIDA DANS LE MÉTRO — *David Serafín*
1911. — CHÈQUE AU FLINGUEUR — *Adam Kennedy*
1912. — PETIT PAPA POURRI — *Joseph Hansen*
1913. — APRÈS VOUS, MON PRINCE — *John Pearson*
1914. — LA MORT TOURNE EN ROND — *Chris Wiltz*
1915. — L'ASSASSIN EST AU CIEL — *William Bayer*
1916. — LES MINUTES DE SILENCE — *Jack Livingston*
1917. — CHAUDES BISES — *Marie & Joseph*
1918. — PIÈGE POUR KING-KONG — *Ed McBain*
1919. — ON NE MEURT QUE DEUX FOIS — *Robin Cook*
1920. — 14ème NOCTURNE — *Tito Topin*
1921. — TOUT LE MONDE SE TIRE — *Michael Z. Lewin*
1922. — TROTSKI SE FAIT LA PAIRE — *Richard Hoyt*
1923. — C'EST DE FAMILLE ! — *Joseph Hansen*
1924. — MON POTE LE VENDU — *Bill Pronzini*
1925. — L'AFFAIRE EST DANS LE LAC — *Richard A. Moore*
1926. — LE FILS DU VENT — *Jean-Paul Demure*
1927. — LE DIABLE ET SON JAZZ — *Nat Hentoff*
1928. — LA VEILLÉE DES ROMBIÈRES — *Max Collins*
1929. — CAME DANS LE COIN — *Richard A. Moore*
1930. — LE CHIEN DE MONTARGIS — *Jean Amila*
1931. — LA CHASSE AUX FURONCLES — *Frank Parrish*
1932. — ROCK BÉTON — *Luc Vernon*
1933. — ÇA S'ARROSE — *Richard A. Moore*
1934. — LE TARÉ — *Michael Collins*
1935. — LES ENFANTS DE LA NUIT — *Thomas Chastain*
1936. — PIANO BARJO — *Tito Topin*
1937. — LEQUEL DES DEUX — *Mel Arrighi*
1938. — FOLIES D'INFAMES — *Pierre Siniac*
1939. — MOI, J'AIME LE CINÉMA — *Stuart Kaminsky*
1940. — CANINE ET GUNN — *Oppel & Dorison*
1941. — NID DE POULETS — *Ed McBain*
1942. — C'EST DU DÉLIRE — *Fredric Neuman*
1943. — AUTOPSIE D'UN MENTEUR — *Jonathan Valin*
1944. — LA NUIT CANNIBALE — *Michael John*
1945. — MEURTRES POUR MÉMOIRE — *Didier Daeninckx*
1946. — ÇA N'ARRIVE QU'À MOI — *Donald E. Westlake*
1947. — UN PEU DE DISCRÉTION — *Robert B. Parker*
1948. — LE MÉCHANT SAMARITAIN — *William Campbell Gault*
1949. — MYGALE — *Thierry Jonquet*
1950. — RADIO-PANIQUE — *Stuart M. Kaminsky*

1951. — LES ÉCOLOS SONT LES PIGEONS .... *William Campbell Gault*
1952. — HONEY MONEY .... *Tito Topin*
1953. — ON M'A VOLÉ MON ANGE .... *E. V. Cunningham*
1954. — SA MAJESTÉ LE FLIC .... *Raf Vallet*
1955. — LA MILICE DES FOUS .... *John Wainwright*
1956. — LE GÉANT INACHEVÉ .... *Didier Daeninckx*
1957. — LES YEUX POUR PLEURER .... *Mark Sadler*
1958. — SI ED MCBAIN M'ÉTAIT CONTÉ .... *Ed McBain*
1959. — LA MORT EST SANS REMÈDE .... *Max Allan Collins*
1960. — RHAPSODIE EN JAUNE .... *Didier Cohen*
1961. — U.S. GO ROME .... *Richard Oliver Collin*
1962. — LE GRAND NOIR ET LE PETIT BLANC .... *Edmund Naughton*
1963. — L'ORAGE NE VIENT JAMAIS SEUL .... *Mickey Friedman*
1964. — BALLON MORT .... *Marc Villard*
1965. — PRIÈRE D'INCINÉRER .... *Bill Pronzini*
1966. — LE QUAI DES EAUX TROUBLES .... *Ted Wood*
1967. — LES MOIS D'AVRIL SONT MEURTRIERS .... *Robin Cook*
1968. — NOUS AVONS BRÛLÉ UNE SAINTE .... *Jean Bernard Pouy*
1969. — LA TERRE DU BOURREAU .... *Bill Pronzini*
1970. — TU PAIES UN CANON ? .... *John Crosby*
1971. — MEURTRES À L'AMIABLE .... *Lawrence Block*
1972. — LA QUEUE DU LÉZARD .... *Philippe Conil*
1973. — FAUT PAS FANTASMER COMME ÇA .... *Mark Schoer*
1974. — L'AMOUR EN MIETTES .... *Jean-Paul Demure*
1975. — L'AQUARIUM AUX SIRÈNES .... *Lawrence Block*
1976. — CONTES DES 9 ET 1 NUITS .... *Les Heureux Lauréats*
1977. — NE FAIS PAS À AUTRUI .... *Arthur Lyons*
1974. — L'AMOUR EN MIETTES .... *Jean-Paul Demure*
1975. — L'AQUARIUM AUX SIRÈNES COMME ÇA .... *Lawrence Block*
1976. — CONTES DES 9 ET 1 NUITS .... *Les heureux lauréats*
1977. — NE FAIS PAS À AUTRUI .... *Arthur Lyons*
1978. — GANGRÈNE .... *Emmanuel Errer*
1979. — DOPE À DÉTROIT .... *Loren D. Estleman*
1980. — SI T'AS PEUR, JAPPE .... *Marie & Joseph*
1981. — LA SOURIS DÉGLINGUÉE .... *Henry Bromell*
1982. — TCHATCHA NOUGA .... *Tito Topin*

Prochain volume à paraître :

1984. — SALUT LES COQUINS .... *Raf Vallet*

Impression Bussière à Saint-Amand (Cher),
le 14 novembre 1984.
Dépôt légal : novembre 1984.
Numéro d'imprimeur : 2055.

ISBN 2-07-048983-3/Imprimé en France

34294